Christine Orban

Fringues

ROMAN

Albin Michel

De C. à O.

© Éditions Albin Michel S.A., 2002
22, rue Huyghens, 75014 Paris

www.albin-michel.fr

ISBN : 2-226-13183-3

Pour Emanuel,
grâce à qui souvent
je me suis rencontrée

« C'est l'esprit qui imprime son mouvement
à la matière. »

VIRGILE
(Épigraphe du *Traité de la vie élégante*,
d'HONORÉ DE BALZAC)

« Le besoin d'habillement est éminemment
un besoin supérieur et spirituel. »

THORSTEIN VEBLEN
Théorie de la classe de loisir

ÉTAT CIVIL DE L'HÉROÏNE

Prénom

Darling. J'ai choisi ce prénom parce que chaque fois que quelqu'un m'appelle, même avec de mauvaises intentions, j'ai la faiblesse de croire qu'une déclaration d'amour va suivre.

Âge

Je suis née cinq ans après 68 (si vous ne savez pas calculer, tant mieux). Je n'ai donc plus à me battre, la guerre entre les hommes et les femmes est presque finie. Mes consœurs ont fait le travail. Je peux me payer le luxe de rétrograder.

Couleur des cheveux

Bruns, mais dès que le printemps arrive, je me comporte comme une blonde : je m'habille en rose et en bleu pâle, je maquille mes lèvres en transparence nacrée. Je mue.

Belle ou pas ?

Je n'en sais rien. Les autres se comportent comme si je l'étais.

Profession

Vendeuse chez Chanel. Puis ma vie à moi.

Adresse

Un endroit très construit et très habité par les hommes. Dans un quartier où il y a beaucoup de commerçants, plus particulièrement des boutiques de fringues. Cela aurait pu être Bangkok, New York, la place Jamma el-Fnaa, ou derrière les planches, à Casablanca, mais finalement c'est Paris.

L'essentiel est de fuir le vide, la nature, le désert, la jungle, les forêts, les prés normands et les jardins anglais.

Les ennemis

Le pratique, l'utile.

Le banquier.

Le comptable.

Je refuse de réduire le sens au commode, le geste à sa fonction.

Fringues

Carnet de santé
Souffre d'une hypersensibilité de type IV à l'uniforme.
Souffle au cœur fonctionnel. La cadence est difficile à tenir ; la mode se conjugue au présent. Il n'y a pas un jour où l'on est à l'abri d'un cataclysme.

Philosophie de Darling
Être ce qu'elle porte. Dieu crée et la mode transforme.

Hobby
Cette mode qui m'émancipe et m'aliène.

Problème
« La mode meurt jeune[1]. » Voilà pourquoi le shopping me rend aussi heureuse que mélancolique.

Solutions
Le vintage ? L'uniforme ? La résistance ?
Impossible. À l'horloge biologique, je préfère l'horloge climatique : couture en janvier, prêt-à-porter en avril, couture en juillet, prêt-à-porter en octobre.
Ainsi va ma vie.

---

1. Jean Cocteau.

AVEC LA PARTICIPATION DE :

Un philosophe

C'est mon voisin de palier. Il est mal habillé, il achète *Le Monde* tous les soirs, il a traversé l'Ouzbékistan et un chagrin d'amour.

J'aime en lui son chagrin qui le rend plus humain.

Ce que je déteste en lui : il n'oublie jamais de rapporter sa baguette de pain et il porte une écharpe rouge.

MTL

MTL, c'est une femme. Enfin je ne sais plus. C'est un produit très au point, hyper sous contrôle. Elle vit dans une tribu en voie de disparition : les snobs.

Alors il faut la protéger. Et puis elle est fragile et vraiment malade. Je l'aime beaucoup.

Dieu

C'est le surnom que donne MTL à son médecin, parce que si c'est un dieu, elle a plus de chances de guérir.

Ce dieu-là ressemble à Kevin Costner.

Un mari numéro 1

Parce qu'il y en aura peut-être d'autres. De toute façon, tous les maris se ressemblent.

Fringues

Les inconnus numéros 7, 8, 9 et 10
Il faut bien que jeunesse se passe.

Une enfant
Innocente, comme dans les films américains.

Un copain DJ
Pour frimer.

Les femmes
Les femmes comprennent mieux que les hommes le langage des fringues, mais je ne m'habille pas pour elles.

Églantine
Amitié impossible. L'acheteuse frénétique est un chasseur solitaire.

ET DANS LE RÔLE PRINCIPAL :

Les fringues
Elles viennent de chez Agnès B, Alaïa, Armani, Fay-çal Amor, Baltique, du Bon Marché, Chanel, Dior, Dolce y Gabbana, Tom Ford, Galeries Lafayette, John Galliano, Jean-Paul Gaultier, Gucci, Joseph, Donna Karan, Karl Lagerfeld, Ralph Lauren, Léger, Levi-Strauss, Alexander McQueen, Miu Miu, Monoprix, Moschino, Thierry Mugler, Prada, le Printemps, Puces

de Clignancourt et de Vanves, Sonia Rykiel, Tasouris, Ungaro, Valentino, Victoire, Vivienne Westwood, Louis Vuitton, Yamamoto, YSL.

Mais aussi de chez Benetton, Éric Bergère, Manolo Blativik, Bleu comme bleu, Burberrys, Roberto Cava, Fifi Chachnil, ma concierge couturière, Colette, Ann Demeulemeester, Alberta Ferretti, Ferrucci, Diane de Furstenberg, Gap, Mark Jacobs, Jean-Pierre à Vanves, Calvin Klein, Kookaï, Michael Kors, Stella McCartney, Martin Margiella, Old Navy, Perle à Clignancourt, Raf Simons, Martine Sitbon, Kate Spade, Walter Van Beirendonck, Dries Van Noten, Zara.

Préambule

Il pleut. Quand il pleut, je ne sors pas. Je n'aime pas les imperméables ni les vêtements pratiques en général. Alors, je reste chez moi, assise par terre sous un toit de jupons comme l'enfant que je n'ai pas été dans la penderie de sa maman, et je range. Si ceux qui me jugent considéraient mon placard comme une infirmerie et mes fringues comme des pansements, ils auraient plus d'indulgence.

D'autres, par temps de pluie et même par grand soleil, lisent, Sagan ou Sollers, moi j'étiquette mes fringues.

Noir, pour moi, c'est une couleur, qu'on se le dise ; je suis parfois vêtue de noir, des souliers au chapeau. Cette couleur est une nuit, un état d'esprit, une fatalité, une facilité : noir comme le jais que portaient les veuves, noir comme l'encre noyée de larmes, noir comme le cirage qui tache et le charbon de la mine, rien de léger n'est de couleur noire. Noir des jours sans inspiration vestimentaire, noir des lendemains de bringue, d'orgie de couleurs, d'arcs-en-ciel, de sucres d'orge et de toute la gamme des acidulés à soulever le cœur.

À l'opposé, il y a le rouge. Rouge qui est le diable, le petit chaperon, Valentino, les coquelicots, le sang, les lèvres, le rubis, la colère ou la honte. Les fruits et le vin que j'aime.

Rouge pour dire qu'on est là quand on n'y est pas. C'est quand je suis vide à l'intérieur et que plus rien ne compte, sauf les fringues, sauf cette robe longue aux reflets pourpres, vermillon, alizarine, purpurins, carmin, cochenille.

Rouge choisi pour valser et pour mourir. S'habiller pour mourir, rien de plus facile, à condition de prévoir un vêtement chaud et confortable, comme lorsque l'on part en voyage vers un pays froid ; il fait glacial, là-bas.

La fripe c'est la peau, la prothèse, la personnalité, la transfusion, la greffe, le greffon, ce que j'admire et que je peux prendre chez l'autre. Il suffit d'un rien parfois pour changer : un cartable, une robe de la haute, un sac, une coiffure, une bataille de mèches pour refléter l'assurance, l'intelligence, la sensibilité, les faiblesses même, celles que l'on cache ou celles que l'on veut bien montrer.

La fripe, c'est la part de re-création qui est offerte, pour cela d'abord les vêtements m'émeuvent. Je lis sur les fringues comme d'autres dans le marc de café, je compare, théorise, réfléchis. Je préfère un bustier de la haute sur une femme moche qu'un top Kookaï sur une belle. Le chic et le charme s'achètent. Voilà la vraie justice. Les fringues comme les mouchoirs de papier sèchent les larmes.

J'ai cessé de travailler. Je n'aime plus les gens débordés, ils ne s'habillent qu'en costume gris ou en tailleur noir, ni les carnets de rendez-vous bourrés, il n'y a pas assez de place pour la vie, pour l'ennui, pour les cercles emboîtés que je dessine à l'infini, ni les bureaux, oisive, je me sens de trop ; quand je sors de chez mon mari qui a un cabinet d'architecture à Puteaux, j'ai l'impression que la terre entière se moque de moi.

Mon univers n'est plus celui des horaires de boutique, des stress et des discussions avec les clientes de chez Chanel, mon univers, c'est le rien, le chiffon ; depuis toujours, depuis les poupées Barbie. Ce rien, je l'ai eu en héritage de ma mère, avec deux commodes Louis XV bourrées de bérets en velours.

Je me suis élevée en m'appuyant sur rien.

Je pourrais dire que rien, c'est beaucoup.

Que rien, c'est tout, parfait, sans excès, sans projection, sans névroses accumulées de mère en fille depuis des décennies.

Que c'est un peu vertigineux, il faut un certain courage pour l'affronter ; rien, c'est aussi grandiose que la stratosphère ou vingt mille lieues sous la mer.

Le rien, c'est le pays où tous, tôt ou tard, nous nous retrouverons.

Sans racines, sans famille, sans traditions, je suis libre comme seuls les orphelins le sont ; ce que je suis, sais, parais, je ne le dois qu'à moi-même. Lorsque j'achète, c'est un peu de l'extérieur qui entre en moi, un peu du merveilleux et du salvateur, comme une coulée d'eau fraîche dans la bouche d'une assoiffée. Il ne se passe pas un jour sans acquisition, que je note dans un cahier à feuilles quadrillées, mon livre, mon journal intime, son titre : *Carnet d'achats.* Si je l'ouvre à la date du 7 mars, trois jours avant mon déjeuner à Lamorlaye, chez les snobs, j'y vois inscrit :

— Bas résille lie-de-vin.

— Crème de huit heures.

— Petites barrettes à chignon, noires.

— Dessous, culottes et soutiens-gorge en dentelle et broderies invisibles, traversées d'arabesques inscrites sur la fibre comme des tatouages sur la peau, de chez Dior.

— Une bourse en velours noir ornée de plumes et de boules creuses en métal doré incrustées.

— Ensemble noir et blanc de Tom Ford pour Yves Saint Laurent.

Bonne journée dans mes souvenirs, ce 7 mars, pleine d'excitation, surtout lorsque je suis revenue chez moi et que j'ai ouvert mes paquets. C'est toujours le meilleur moment, comme la montée de l'escalier pour les amoureux, je suppose.

Dans la solitude qu'impose ce plaisir égoïste, je me prends à penser au voisin de mon grand-père qui pendant la guerre gardait précieusement ses urines du matin étiquetées dans un bocal transparent.

Sept ans de pisses, quelle collection !

Quatre fois trente-cinq mètres de bocaux alignés, remplis d'un liquide jaunâtre, opaque, clarifié ou épaissi par les ans, que sais-je ! Je collectionne les fringues comme ce fou collectionnait ses urines. Je les range dans une housse et moi aussi, j'étiquette.

Le téléphone sonne. Qui est-ce ? Dieu ? Mon ex-mari ? MTL ? Le philosophe ? Je passe mon temps à fantasmer et quand la réalité débarque dans mes songes, je suis maladroite, je ne sais pas comment faire avec elle.

La réalité, je la vis par pincées, chez moi, dans ma caverne, seule à ma manière, avec ma part de rêveries inévitables pour l'adoucir et la contrôler. Je ne suis pas prête à l'affronter aujourd'hui, je ne suis pas habillée, les vêtements portés hier ne sont pas accrochés sur le même cintre : la blouse, la jupe, la ceinture sont éparpillées sur mon lit ; à les voir ainsi dispersés j'ai le tournis, ma vie s'effiloche, j'en perds les pédales.

Mes cintres sont noirs, leurs épaules arrondies sont gansées de velours, juste au-dessous deux petits crochets servent à retenir les jupes. Pour les pantalons la même version existe, mais des pinces remplacent les crochets.

J'habille le cintre comme moi-même, boutonne le chemisier, pressionne la jupe et tire d'un coup sec la fermeture Éclair de la housse.

Le rituel des adieux : je ne porterai plus cet ensemble, il s'est consumé en une seule journée.

Fringues

Sur une étiquette prévue à cet effet, j'inscris :
ENSEMBLE D'YVES, EN SOUVENIR DE MTL, LAMORLAYE,
10 MARS... Et je ligote le bas de la housse en plastique
avec une ficelle au bout de laquelle pend une étiquette
semblable à celles qui se balancent au gros orteil des
morts dans les frigidaires de la morgue.

Puis je me dirige, mon ensemble à la main, vers
le cimetière – tous les cadavres ne sont pas tristes
pour autant ; comme au Père-Lachaise il y a des
morts qui ont eu des vies monotones et d'autres des
vies belles.

Mon étrange appartement n'est qu'une immense
penderie divisée en trois parties : ma chambre fait
office de magasin, la salle à manger de musée, et le
salon de cimetière : les fringues ont pris le pouvoir.
Là, dans mon champ de vêtements morts, il y a le
coin des robes complices, des robes de premier baiser,
que je ne porte plus jamais parce qu'elles sont sacrées
et que je veux en garder le souvenir intact, sans
interférence. Je les visite comme on visite un mau-
solée. Fidèle aux fringues. L'idée m'effleura un jour
que cette montagne de fringues n'existait que pour
assouvir ma soif de commencement. Cela déclencha
en moi une culpabilité si grande vis-à-vis de mes
robes, ma seule famille, mon port d'attache, que je
m'empressai de la chasser de ma tête : les fringues
étaient à elles seules le but suprême, et les baisers
recueillis au passage la simple conséquence du trouble qu'elles semaient.

La preuve : cet ensemble en mousseline imprimée façon panthère dont la jupe se fermait comme un paréo. Mon premier amant l'avait étrennée. D'ailleurs, cet ensemble avait été pensé et acheté pour lui. Effet réussi : il avait posé ses mains sur mes hanches et les avait laissées glisser sur mes fesses avant même que sa bouche n'effleure la mienne. C'était dans un jardin en plein ciel, un jour de mai, il était debout derrière moi, à attendre que je me retourne. Et je me suis retournée, et nous nous sommes embrassés. Ce morceau de mousseline panthère, qu'est-ce maintenant sinon un film aimé dont je m'autorise à repasser quelques séquences, parfois.

Il y a aussi cet autre ensemble compliqué de l'été dernier qui inspira un geste malheureux à mon voisin de table tandis qu'il me raccompagnait dans son automobile. Pour le baiser, j'étais consentante. Mais lorsqu'il plaqua sa main ouverte comme une palme de canard sur mon sein gauche, je lui balançai une gifle.

La vie, c'est du cinéma. En conservant toutes ces fringues qui m'ont accompagnée dans certains moments, en m'accordant le droit de les revisiter, là, assise par terre dans mon placard sous un toit de cintres et de souvenirs, j'ai redécouvert le zoom arrière.

Longtemps, j'ai rêvé...
d'être vendeuse chez Chanel
(ou brève tentative de rentrer dans le rang)

Petite fille, je rêvais d'être vendeuse chez Chanel, d'approcher le monde de ces femmes clinquantes et stylées, de vivre au rythme des collections, au milieu du neuf, des arrivages de vêtements, de cette odeur de frais, d'emballages, de robes nouvelles toutes prêtes à vivre de belles histoires.

J'adore les histoires, chaque fois que je revêts une robe nouvelle ma vie s'enrichit, se remplit d'une expérience, j'ai un rôle, je deviens une héroïne.

Le style Chanel est structuré, d'une rigueur qui ne laisse place à aucune fantaisie. Cette expression d'une discipline morale et intellectuelle qui ne m'évoquait rien à l'époque, m'enseigna, je m'en aperçus plus tard, un certain apprentissage de la vie. J'ai choisi (et par chance j'ai été engagée) d'être vendeuse rue Cambon.

De l'uniforme à l'ensemble jaune poussin
en organsin et laine bouclée

Tous les matins pendant six mois, quatre jours et trois heures, j'ai revêtu une jupe en soie noire, plissée, un chemisier à cravate en crêpe beige rosé, un tour de cou en perles baroques, un seul rang, pas de boucles d'oreilles (BO en langage couture), des escarpins à bout noir siglés CC.

33, rue Cambon, nous étions vingt vendeuses, toutes vouées au même sort vestimentaire, mis à part Mme Lamarque, la directrice de boutique, qui, elle, avait droit à un cardigan bicolore dont chacun des boutons portait les initiales de Mademoiselle, et à un deuxième rang de perles baroques ; autre exception : Bernadette, une collègue un peu ronde, dont les plis de la jupe s'ouvraient sur le ventre et sur les fesses, ce qui constituait une différence visible.

Comment être remarquée, comment être aimée ainsi vêtue, ainsi fondue, sans efforts, sans appâts, sans appels, sans volants, sans bloomer, sans touche rebelle pour signaler que j'existe ?

Un matin, je fus saisie d'un malaise. Je devais être à bout de résistance. Oui, soudain, j'eus l'impression que mon uniforme Chanel se transformait en camisole de force ; parmi toutes les manifestations désagréables dont je fus victime, la plus spectaculaire se produisit sur ma peau. En moins de cinq minutes, elle se transforma en carapace de homard sorti de la marmite, mon visage, mes mains, mes jambes, toutes les parties de mon corps, aussi bien visibles qu'invisibles, se boursouflèrent. Je ne pouvais plus lutter contre cette sensation d'étouffement, cette asphyxie, cette noyade quotidienne, cette submersion. Autour de mon cou, la cravate se mit à peser, à me serrer jusqu'à m'étrangler ; ma bouche se ferma, mes narines se pincèrent, réfractaires à l'air chargé de N°s 5 et 19. Puis ce fut au tour de mes paupières de se coller. Je préférais l'absence de lumière, le monde des ténèbres à la monotonie tueuse, à l'homogénéité fourbe et organisée, à la bêtise militaire qui ose utiliser le mot « prestige » pour parler de l'uniforme ; l'uniforme est idiot, aussi asphyxiant que le gaz carbonique, aussi hallucinogène que certains champignons, assassin comme la guerre qui l'exige. La mode doit rester imprévisible comme la vie. L'imprévisibilité m'étant supprimée, mon rythme cardiaque fut perturbé. L'uniforme est ennuyeux à mourir.

J'ai failli en mourir.

Qui, à part les militaires, les pompiers, les pensionnaires, les huissiers, porte l'uniforme ? Tous ces hommes réduits à une seule fonction.

Le chef du personnel, malgré ma résistance, avait voulu me fondre dans un « corps de vendeuse Chanel », abolir mon originalité, mon individualité, mon libre arbitre.

Mon épiderme se révolta : on appelait cela une allergie, enfin, je le croyais, avant d'entendre le médecin au-dessus de ma tête employer des mots bien plus compliqués.

L'incident se passa vers quinze heures trente, en plein milieu de la boutique, à l'heure où les femmes élégantes sortent du Relais, du Stresa, du bar du Ritz, je tombai sur la moquette siglée Coco.

Mes collègues, dans leur chemisier en crêpe beige rosé, m'assaillirent malgré mes signes désespérés de la main pour les éloigner, tandis que, dans l'espoir de ranimer mon corps asphyxié, je me réfugiais du regard dans les nouveaux twin-sets sorbet empilés selon un savant dégradé.

Quand Mme Lamarque arriva, la nuée de vendeuses se dissipa. Elle émit un petit cri, desserra mon col, se pencha sur moi pour écouter ce que je racontais. Sa surprise fut grande quand elle s'aperçut que je décrivais par le menu le nouvel ensemble que le décorateur avait installé dans la vitrine sur un champ de pâquerettes en plastique.

Il s'agissait d'un tailleur jaune poussin composé d'une veste en laine bouclée à manches courtes portée sur une jupe en organsin à godets. Les avant-bras du mannequin étaient couverts de rééditions de bracelets

ayant appartenu à Mademoiselle, tandis que des chokers, que terminaient une croix d'inspiration byzan-
tine à cabochons émaillés rouge, vert et bleu marine,
ornaient son cou. Les escarpins étaient recouverts par
Massaro du même tissu en lainage bouclé que la veste.
Des merveilles, des joyaux. Et malgré tous les désa-
gréments physiques que je subissais, je souriais dans
mon délire, heureuse qu'aucun détail ne m'ait
échappé.

À peine arrivé, le docteur Ratavel colla son oreille
contre ma poitrine et il put entendre le même discours
que j'avais tenu à la directrice. Le disque était rayé, la
tête aussi.

L'homme de science annonça : « Une psychose schizophrénique, dissociative et compulsionnelle. » Mon
arythmie cardiaque et l'abondance de salive sécrétée
par mes glandes sublinguales dans la cavité buccale
confirmèrent son diagnostic.

– Le sujet est en état de manque, dit-il. Elle se prive
dangereusement, elle est en pleine manifestation du
syndrome de sevrage. Il faut immédiatement lui enlever ses vêtements, défaire la vitrine et lui enfiler
l'ensemble jaune poussin qu'elle réclame, et toute la
quincaillerie qui va avec.

– Vous plaisantez ? lui demanda la directrice sur un
ton encore plus indigné que d'habitude.

– C'est une question de vie ou de mort !

– Vous savez ce que coûte un seul de ces bracelets-
manchettes ? Ce sont des rééditions de ceux de Made-

moiselle, plus de cinq cent trente euros chacun, et il y en a six, plus les colliers, un nouvel ensemble de la croisière, un futur best-seller !

Dans mon inconscience, je dus comprendre ma condamnation parce que mes yeux se révulsèrent, ils partirent loin, vers mon cerveau, là où il n'y avait plus que le noir.

Je me souvins à ce moment d'une merveilleuse odeur de parfum chic et choc, d'un tintamarre joyeux de breloques accrochées à une gourmette, d'une joue poudrée, un peu velue et très douce qui se posa contre la mienne et d'une bouche qui, juste après avoir émis la sonorité d'un baiser, ordonna d'un ton impérieux d'exécuter la prescription du médecin.

– Ouvrez cette vitrine, vite, vous ne voyez pas que cette jeune femme, Darling je crois, se meurt ?

C'était MTL, une femme dont l'élégance nous faisait toutes rêver quand elle venait à la boutique.

Confrontée à sa meilleure cliente, Mme Lamarque capitula.

– Ne perdez pas de temps, disait MTL. J'appelle dans une heure pour avoir de ses nouvelles.

On ferma la boutique, poussant dehors les quelques clientes qui s'attardaient. Mme Lamarque demanda au décorateur de défaire sa vitrine, réquisitionna les deux habilleuses affectées à Naomie Campbell et Claudia Schiffer pendant les collections, pour me déshabiller et me vêtir de l'ensemble jaune poussin.

Les chères fées entreprirent leur travail de leurs petites mains habiles, tirèrent, roulèrent, dégrafèrent, déboutonnèrent, dépressionnèrent, pour enfin attacher, agrafer, boutonner, pressionner. Le miracle se produisit, j'étais Blanche-Neige réveillée par le baiser de l'organsin. L'ensemble jaune poussin me fit l'effet d'un onguent miracle sur la plaie d'un brûlé. Cette jupe était une caresse le long de mes jambes, une brise légère, un chant d'oiseau, le réconfort enfin d'une identité, la mienne, on me redonnait un nom, une maison, une beauté, on venait d'offrir la liberté à une esclave. Je me souvenais très bien du demi-tour espiègle de Claudia sur le podium, un jour de collection, la jupe que je portais aujourd'hui ondoyait contre ses genoux, rendant ses pas, sa démarche, ses jambes irrésistibles. L'opposition des matières donnait toute sa magie à cet ensemble, les manches qui n'étaient pas vraiment ballon mais juste froncées sur les épaules accentuaient le côté juvénile, la coupe calculée de la veste laissait apparaître à peine quelques centimètres de peau et un zeste de nombril quand Claudia soulevait un bras.

J'ai continué à répéter les mots « poussin jaune, organsin, laine bouclée, Coco, escarpins », jusqu'à ce que le mannequin de la vitrine fût entièrement dépossédé à mon profit. Alors ma peau cessa de me démanger, mes spasmes s'interrompirent, ma cage thoracique s'ouvrit à la vie, mes yeux cessèrent de partir là-bas, derrière. J'étais sauvée ! L'ensemble jaune poussin m'avait rendu la vie. Ainsi va l'amour. Seul un nouvel amour libère d'un amour malheureux. Seul un tailleur neuf libère d'un ancien look.

Un absolu inaccessible à toute interprétation, à toute comparaison, voilà ce que la nouveauté est pour moi ; elle est mon hallucinogène, ma drogue secrète, dont seule la mode m'approvisionne.

La vie s'achète. Je renaissais d'avoir découvert le secret de la jeunesse éternelle : le vêtement n'est pas un objet de consommation réduit à un rôle bassement mercantile, mais une valeur vitale pour qui sait l'utiliser. Il faut abandonner la notion d'œuvre, de classique, d'indémodable, pour se tourner vers la jubilation existentielle de l'éphémère.

En cela la mode colle à la vie, elle meurt comme ces roses et ces pivoines fuchsia que j'aime accrocher en corolle sur ma tête.

Mme Lamarque n'en revenait pas de cette transformation. Elle allait émettre l'hypothèse d'un insupportable caprice quand le médecin confirma qu'il s'agissait bien d'« une psychose schizophrénique dissociative compulsionnelle », que je ne pourrais continuer de travailler dans cette auguste maison qu'à la condition d'être libre de mes choix vestimentaires, l'uniforme m'étant définitivement interdit.

J'avais perdu un job et trouvé une complice : MTL. Malgré notre différence d'âge et de milieu, un lien

tissé de fil jaune poussin nous rapprochait, pour toujours.

Je ne travaillerai plus chez Chanel. L'ensemble jaune
poussin ainsi que la plupart des accessoires me furent
offerts en guise d'indemnités.

Sur la housse en plastique blanc j'inscrivis : ENSEM-
BLE JAUNE POUSSIN + ACCESSOIRES COCO, PRINTEMPS...,
et je l'accrochai dans mon placard, côté cimetière. Je
ne le porterai jamais plus. Il n'est pas concevable qu'un
vêtement devienne familier.

Les choses doivent rester fidèles. La robe complice
devenue souvenir se suspend, elle ne se porte plus.

Hypersensibilité de type IV
à l'uniforme Chanel

C'est quand même dingue que l'on puisse être malade à mourir à cause des fringues.

Il ne faut jamais mépriser l'impact ludique des choses, sinon elles se vengent. Un corps tous les jours soumis au même emballage se révolte, la preuve... Dieu m'a donné une peau fragile, une peau qui se lasse ; je ne suis allergique à aucune matière, mais à leur répétition ; la routine m'assomme, est-ce l'ennui qui m'est contre-indiqué ?

Le docteur Ratavel l'avait dit avec ses mots à lui : mon organisme était victime d'une hypersensibilité de type IV, d'une réaction cellulaire retardée, responsable de dermatoses allergiques consécutives au contact de la peau avec certaines matières.

Le meilleur traitement consistait à éviter, dans la mesure du possible, tout contact avec l'allergène en cause.

Je ne devais plus porter l'uniforme, à moins de subir un traitement sous surveillance médicale stricte, d'ingurgiter des doses minimes et très progressivement croissantes d'allergènes Chanel, afin de favoriser la formation d'anticorps qui par la suite bloqueraient les réactions. D'après Ratavel, ce traitement réussit dans environ deux cas sur trois, mais doit être poursuivi pendant trois ans au moins. Les effets indésirables qui accompagnent la cure – démangeaisons, œdèmes, éruptions, asthme, choc anaphylactique – sont si grands, qu'il était plus raisonnable d'abandonner l'uniforme en tout genre. Bref, pour moi il était salutaire de me consacrer avec bonne conscience à ma passion : le shopping.

Les psychiatres devraient savoir qu'il faut toujours justifier par des causes physiques les moindres maux, fussent-ils d'origine névrotique. En déplaçant mon goût pour les fringues de ma tête à mon corps, Ratavel faisait de moi une victime, et non plus une coupable. Et cela me plaisait.

La Sécurité sociale n'offrait pourtant aucune aide pour soigner ce type de maladie. Il me restait deux commodes Louis XV à dépenser, après il faudrait songer à me marier.

La robe pour le trouver

Avec les hommes, j'étais comédienne et menteuse. Je disais je t'aime quand je n'aimais pas et, quand j'aimais, je ne le disais pas.

Cette recherche de mari a commencé par quelques gouttes de parfum derrière l'oreille et le désir d'être désirée qui guidait mon choix.

L'ensemble s'assemblait comme les pièces d'un puzzle. L'étoffe me guide et m'entraîne... Il m'est arrivé de sortir à cause d'un châle qui avait envie de se montrer.

C'est parfois même un peu agaçant de constater l'influence des vêtements. Il y a des robes responsables d'une rupture ou d'un mariage. Certaines personnes doivent la vie à un balconnet. Oui, parce que ce soir-là il y avait du monde au balcon, un bébé naîtrait neuf mois plus tard. Allez savoir où se loge le désir ! Et s'il est plus romantique de le situer dans un regard bleu lavande, il est souvent plus réaliste de replacer l'inavouable au niveau d'une culotte transparente ou d'un porte-jarretelles noir et rouge.

Le vêtement est complice par essence, et toute la garde-robe avec. Selon l'ordre du jour, je consulte telle robe plutôt que telle autre, dans le secret, comme on se livre à une amie, et chacune m'offre une solution différente. Il y a la compliquée, la difficile d'accès, la « pour un soir », la « regarde mais ne touche pas », oui, celle-là revient souvent alors que son contraire, « touche-moi mais ne me regarde pas » n'existe pas sur mes tringles ni dans mes tiroirs.

Refuser une proposition en noir de chez Comme des Garçons peut parfois mener plus loin qu'accepter un verre en satin rouge d'Azzaro. Subtile garde-robe. Je dis garde-robe comme je dirais coffre-fort ou sentinelle, parce que ces robes alignées tels des soldats me conseillent et me protègent. Je m'assois dans mon placard – c'est la place que je préfère pour réfléchir – et je regarde les fonds de jupons au-dessus de ma tête.

Rien n'est plus beau qu'un ciel de jupons, aucun coucher de soleil sur l'océan Indien, aucune aurore boréale n'est comparable à la beauté d'une coupole de robes, d'un firmament de dentelles, à ses volutes, ses ondoiements qui s'enchaînent à l'infini comme des virages sur une route de montagne avec ses crevasses, ses tunnels qui conduisent vers le corps, vers la peau après les premières couches de tissus à caresser.

Je pensais aux dessus, avant de penser aux dessous. La lingerie, c'est facile, il suffit de la choisir toujours dans un ton plus clair que le vêtement (la lingerie couleur chair a résolu bien des problèmes). Le soutien-gorge que j'aime est balconnet et la petite culotte, taille basse ou boxer, peut être rose tendre imprimée de paillettes ton sur ton, de chez Capucine Puerari ou Antik Batik qui brode les voiles ivoire d'un motif, papillon par exemple. J'imaginais le futur mari remontant le pull ou le chemisier, et s'enivrant de cette texture gloss, de ces matières huilées, de ces enduits à effet mouillé, à la fois glamour et sensuels. L'ensemble pour aller chercher l'homme a plusieurs pièces : le body, même le plus doux, même en microfibre, est proscrit : il faut offrir à l'homme qui s'aventure sur le corps d'une femme pour la première fois des paliers de décompression entre les étoffes, des petits encouragements à différents niveaux, distribués comme des su-sucres à son chien-chien, pas de col roulé, pas de collier, un cou libre pour recevoir les baisers, pas de ceinture, le haut, le top, frôle la jupe sans y être attaché, sans pressions, sans boutons, là, au niveau du nombril, la chair reste accessible à la main ; la main qui se promène et mérite sa récompense pour avoir surmonté sa première peur, la première caresse.

La bande de peau qui délimite la taille est une halte, ainsi que les fesses rondes malléables comme une pâte à modeler, avant qu'elles ne s'avancent plus bas, vers la jupe taillée dans une autre étoffe, plus épaisse, plus rugueuse, le Tergal ou le tweed, qui recouvre les hanches et les jambes jusqu'aux genoux, un long chemin avant de retrouver la peau douce et chaude, toujours dénudée, prête à être caressée par ces mains qui pianotent, se promènent contre un mollet galbé et se faufilent entre les cuisses, pour enfin remonter tout ce bazar de tissus, de fils entrelacés, dernière étape avant la prise de pouvoir par l'homme, et l'abandon de la matière qui aura servi d'appât pour l'amener jusqu'à moi.

La peau domine.

La robe pour séduire est un faire-valoir, un boute-en-train, un socle. Elle est forcément modeste et discrète, le tissu est plutôt uni, pas de motifs trop voyants, pas de fleurs, pas de carreaux ni de rayures ; elle accompagne la courbure d'un dos, la finesse d'une taille, l'arrogance d'un cul, elle s'efface, elle n'existe pas, elle soutient, elle couvre autant qu'elle découvre, généreuse. Son rôle, c'est de montrer.

La robe zippée, c'est quand on n'a pas le temps d'avoir le temps. C'est pour derrière la porte d'un bureau, d'un cabinet de toilette, d'une chambre qui n'est pas la mienne, c'est quand on a l'habitude d'un homme.

Le pantalon est toujours proscrit.

Pour mon premier rendez-vous avec le mari numéro 1, j'ai chaussé mes bottines en daim à lacets, fines comme des gants, pour la difficulté, parce que rien n'est évident en amour, même lorsque cela en a les apparences. Les bottines à lacets servent à contrôler le temps, à le perdre, à contenir les débordements intempestifs, à freiner les ardeurs de l'homme, quand, le sexe raidi, les mains malhabiles, son regard vous interroge : pourquoi cette cruauté-là, maintenant ?

Pour le répit, pour l'alibi, pour la fuite, pour le jeu, quand le cœur n'y est plus. Les lacets, c'est le pouce que brandissent les enfants pour dire stop.

Il m'a aimée bottée et jupe relevée, la première fois, le mari numéro 1.

La robe pour le dire

Faut-il avoir peur d'être incomprise pour couvrir une robe de signes comme Ben ses tableaux ?

Si le message est précis et important, pensais-je, mieux vaut l'écrire sur l'étoffe. Les gens sont imperméables au langage des fringues. Trop souvent on a médit sur un petit bout d'étoffe noué autour de ma taille, sans que ni lui ni moi ne méritions tant d'égards.

Pour s'exprimer, la toile blanche comme du papier machine est préférable. Elle accroche mieux l'encre de la plume, et les fils de la bure, plus épais, se teintent plus aisément que ceux, trop fins et trop lisses, de la soie.

Les robes en coton blanc se chinent. Dans toute bonne brocante il y a quelque part un grand panier d'osier où, sous le panneau TOUT À CINQ EUROS, sont jetés des lots de serviettes ou sets de table attachés par un ruban, des combinaisons en Nylon, des dessus-de-lit rapiécés, des jupons froissés, des petites robes

40

courtes façon nuisettes, ou plus longues en guipure, idéales pour dormir ou pour se promener dans un champ avec des bottes en caoutchouc kaki. Je possédais quantité de ces linges-là, lavés, parfumés, sur ma table de nuit, empilés comme des journaux intimes. Souvent, je couvre le tissu de mots, comme la vague à marée haute le sable.

Ce matin-là, la marée de dix heures ne m'apporta que trois mots : Secret, Diamond et Racine, qui ont suffi à rendre plus loquace la robe inerte et muette que m'avait offerte mon mari numéro 1.

Oui, trois mots avant que le café ne m'aide à dissiper le brouillard de ma tête. Trois mots au feutre Crayola Washable noir plutôt qu'au White Board Marker, à l'embout plus large et plus baveux. Sait-on pourquoi on préfère la dorade au bar ? J'ai noté, sur sa stupide robe à bretelles, un mot sur le sein gauche, un autre sur le nombril. Sur le cœur, j'ai écrit SECRET. Parce qu'il est impossible de vivre sans un secret, sans une issue de secours : il était bon de le rappeler à mon futur époux.

Qu'est-ce qu'un secret ? Un placard où personne n'a accès. Un placard avec une clé. Le secret est vital, même si les robes qu'il enferme ne racontent presque rien. Il suffit d'une seule dans laquelle j'ai aimé être caressée.

Un homme une nuit. Parce que le plus beau de mes jours fut une nuit.

Diamond.

Pour Marilyn et les Lucy in the Sky, bien sûr, mais pas seulement. Diamond à cause de la transparence lumineuse. Diamond comme un idéal qu'aucune superposition de mousseline ne peut obtenir.

Diamond comme un but dans la vie. Je veux être brillante et limpide, je veux laisser passer la lumière et pourtant garder mon mystère. Oui, je veux être impénétrable, être vêtue de la nuit, des ombres et du brouillard. Rien de diaphane ni de hyalin autour de moi. J'aurais pu m'appeler Diamond.

Racine.

Parce que c'est la face cachée de l'arbre et de tous les êtres humains ; racine, parce qu'il est impossible de tenir debout sans racines. Même le bonsaï parvient à pousser et à se redresser malgré les siennes, si petites. Je ne connais pas les miennes et je sais que je ne tiendrai pas debout très longtemps, à moins que je ne m'arrime à ces commodes Louis XV pleines de bérets que j'ai héritées de ma mère.

Secret, Diamond et Racine, voilà l'arrivage de ce matin-là. Bizarre.

Je me suis appliquée en pleins et en déliés comme à l'école.

Le S de secret, je l'ai déroulé plus qu'il ne faut, il siffle, serpente et se balade ; il ouvre la marche du premier mot qui se referme comme la porte d'un coffre-fort verrouillé par la barre du T. Secret. Est-ce que je connais mes secrets ? Je connais la robe du premier baiser, bien sûr, mais il y a aussi tous ceux enfouis dans mon placard, dans ma mémoire et qui restent à découvrir. Il y a des secrets à retardement, comme les bombes, qui explosent plusieurs années après.

Quand j'ai rencontré l'inconnu numéro 2, je portais une veste Lee cloutée et une jupe veloutée, taille small, cent pour cent acétate, plus longue derrière que devant, de chez Comme des Garçons. Nos regards se sont croisés longuement, nos mains peut-être. Il a posé la sienne sur la mienne. Puis il était l'heure. L'heure de quoi ? L'heure de nous quitter parce que la fin de la récréation avait sonné, qu'il devait se rendre à une réunion et moi rechercher un serre-tête en gros-grain pied-de-poule qui m'avait obsédée une bonne partie de la nuit. Je sais qu'un jour viendra où l'inconnu numéro 2 et moi nous nous retrouverons ; oui, nous aurons raté quelques mariages et nous nous retrouverons, en double file ou pas, il annulera des réunions pour moi et j'achèterai des petites culottes et des soutiens-gorge pour qu'il les enlève ; et alors la veste Lee et la jupe Comme des Garçons du dépôt-vente de Saint-Frusquin deviendront un secret à part entière. Une émotion grande comme une aventure de mille jours et neuf cent quatre-vingt-dix-neuf nuits.

Mon D de Diamond est énorme, trente carats à vue d'œil. Il est arrondi, imposant, bedonnant. Au diamant, je préfère les bouts de verre, ils sont toujours plus gros, plus fantasques, plus colorés, moins stressants. J'ai inscrit Diamond pour le D majuscule, mais aussi pour la rareté. Parce que chaque vie est unique et qu'il convient de la tailler comme une pierre précieuse. Avec attention et originalité. Faire de ma vie un diamant. Une garde-robe joyeuse et brillante.

Deux consonnes, la naissance et la mort, les mêmes, ouvrent et ferment les portes du mot Diamond, tandis qu'à l'intérieur se promènent les lettres. La vie est une balade de consonnes comme de voyelles, seuls le commencement et la fin sont difficiles. Ce mot est une histoire à lui tout seul. On la commence par un grand D inscrit sur la toile blanchâtre avec force et on la termine avec le petit d. Tout petit, parce que la mort devrait intervenir quand la vie est usée. Quand il ne reste plus rien de neuf à dire et à porter, alors vient le petit d qui doucement nous conduit vers la sortie.

Racine. Le R, c'est la lettre méchante. Rebecca était habillée par Worth et elle était méchante.

Rien d'aimable ne commence par R. Nos racines sont toujours embarrassantes. Qui aime à imaginer ses parents copulant ?

Le futur mari numéro 1 est entré dans ma chambre, il a dit :

— Darling, pourquoi as-tu écrit sur la belle robe de fiançailles que je t'ai offerte ?

J'ai répondu :

– Parce que le blanc ne parle pas et que j'avais des choses à te dire.

– Tu as écrit Diamond ? Tu veux que je t'offre un diamant ?

– Non.

– Je n'ai pas bien compris le message.

Alors je me suis retournée et le mari numéro 1 a pu lire, inscrit au Crayola Washable noir en bas de mon dos : TANT PIS, C'EST LA VIE.

La robe de mariée

Le pire, avec cette robe, c'est que l'amour doit l'accompagner, sinon elle n'a pas de sens.

Ce jour-là, il aurait fallu mettre un peu de vrai quelque part, et c'était justement avec le vrai, le nu, le silence que j'avais un problème. Si j'aime les étoffes et les mots, c'est parce que les uns comme les autres enrobent la vérité. La vérité est mal élevée, elle est crue, restrictive.

Je me demande si je ne m'exprime pas plus en me cachant sous la parure qu'en me dénudant pour me montrer. Encore faut-il savoir lire le langage des fringues.

La robe blanche, parce qu'elle est codifiée, socialisée, répertoriée, banalisée, vulgarisée comme les livres de cuisine vendus dans des supermarchés, compte pour rien, pour du beurre. La robe blanche, c'est l'uniforme de l'amour. La robe blanche, c'est pour se marier avec le bon Dieu ou avec un homme, une seule fois, et je ne crois ni en l'un ni en l'autre.

Un jour, quelqu'un a dû décréter que le blanc, la couleur des colombes et de la neige, serait la couleur de l'amour.

Je suis nue dans une robe que je n'ai pas choisie, une robe qui ne raconte rien de personnel, nue en face de mon mari qui se tait pour mieux me regarder, parce que pour lui l'amour, ce sont des gestes, des preuves et pas des mots.

L'amour, c'est la nudité des corps dans le silence ou dans un cri. Cet amour-là me fait peur, je n'ai pas envie qu'un homme m'aime autrement que dans le mystère, je ne veux pas qu'il m'aime dans ma douleur, dans ma vérité, parce que je voudrais oublier.

Pourtant, à la question : « Voulez-vous m'épouser ? », j'ai répondu oui. J'aurais dû me méfier : cet homme que j'épousais avait une tête d'ami, pas d'amant. Je les différencie très bien maintenant. La tête d'ami est avenante, bienveillante, comme celle d'un automate. Le sourire des anciens amants est teinté de cette reconnaissance masculine, de ces souvenirs heureux qui ne s'effacent pas avec les années. Son visage continue de sourire tandis qu'il s'avance vers moi, les bras ouverts. Mon mari numéro 1 avait, dès le premier jour, le visage d'un homme que j'aurais pu aimer autrefois, mais que je n'aimais plus.

Je suis entrée dans cette robe volumineuse en espérant y trouver quelque chose – un prêt-à-aimer ? J'aurais voulu rencontrer là, au fond d'une doublure, le secret des couples amoureux, des familles unies, la formule magique qui réunirait l'épouse parfaite, la mère attentive, la maîtresse sublime, l'essence même de la femme. Le symbole était si puissant ! Rien. Jamais autant de volume, jamais une aussi grande surface d'occupation des sols ne m'aura apporté aussi peu.

La robe me fut livrée, pas l'amour.

J'ai tenté. Une femme est bien obligée de vivre avec un homme, non ? Partout autour de moi les gens vivent en couple, moi aussi, je me devais d'essayer.

Comment sait-on si on aime ? Si l'amour est déjà fini ou s'il n'a jamais commencé ? J'aurais aimé vivre une grande histoire d'amour et je n'ai rien trouvé qui ressemble à ça au fond de mon cœur. Je ne suis pas partie tout de suite, j'étais là, rendue, bientôt offerte ; je ne supporte pas le tulle, le couple de mariés en plastique au sommet de la pièce montée, la famille endimanchée, le boa rose qui entoure le cou de la tante.

Lui s'est trompé comme tout le monde, car les hommes aussi se trompent. Après, ils apprennent à composer avec le rêve et la réalité. Je n'ai jamais compris comment mon mari a pu aimer une femme comme moi. Il y a des hommes comme ça, qui s'obstinent à demander ce qu'on ne peut pas leur donner, et c'est cette résistance-là qui, peut-être, lui plaisait.

Puis il y eut la grande méprise à cause des robes qu'il considérait comme ses alliées, jusqu'au jour où il comprit qu'elles étaient ses rivales : je ne choisissais pas mes robes pour le séduire, j'avais choisi un homme pour répondre à la définition de Saint Laurent d'une femme élégante : un pull noir sur une jupe noire, au bras d'un homme. La panoplie laine m'amusait. Jamais, encore, je ne m'étais déguisée ainsi. Lui m'aurait voulue vêtue d'un de ces ensembles anodins dont certaines femmes ont le chic, qui servent le jour comme la nuit. À ce moment-là, la sensation de cette jonction difficile entre soi et les autres, comme une méprise possible entre ce que je donne à lire et ce qu'ils prennent, entre cette manie de brouiller les pistes et le sentiment d'agacer, de m'amoindrir, me traversa l'esprit et je repensai à cette phrase entendue un soir : « Dites toujours du bien de vous, les gens le répètent sans plus savoir d'où cela vient. » En me promenant avec une cape noire, longue, le jour de mon mariage, je me singularisais, je disais du mal de moi et les gens le propageaient, oubliant que j'en étais la source.

Je ne cherche pas d'excuses, mais pouvais-je être moi-même dans une robe étudiée pour épater la galerie et voir s'épanouir le sourire de ma belle-mère ? N'avais-je pas droit à un petit sursaut de résistance ? C'était une robe pour un seul homme, une élection, un sacrifice, un deuil, une robe d'abandon. Abandon des autres hommes et des regards inavouables sur le renflement des braguettes en jean ou en flanelle grise. Impossible.

Je sentais venir l'allergie.

La robe pour vivre avec les maris

Je dis « les », parce qu'ils se ressemblent tous, les hommes sous emprise, à partir du moment où ils ont dit « oui », ils attrapent la même tête de victime un peu brimée, mais somme toute rassurée, de celui qui est rentré dans le rang, la tête du pantouflard bienheureux qui a enfin trouvé ses pantoufles.

Bien sûr, il y a les cabochards, les fugueurs, comme dans les meutes de chiens, il y a ceux qui s'échappent pour mieux revenir ou pour ne pas revenir.

J'ai épousé un de ces animaux domestiqués par leur mère qui leur a appris tout petits à vivre avec une femme sans trop faire la différence entre une mère et une épouse, une épouse étant condamnée à devenir une mère.

Je ne dis jamais « mon mari » en parlant de lui, on ne s'approprie pas un homme comme une maison de campagne, même si j'ai rêvé d'en attraper un, juste pour revêtir la légitime tenue d'épouse idéale : un pull en cachemire chamois à col rond ou roulé, sous une veste en tweed, et un pantalon à pinces. Il existe des variantes : le fameux tailleur, déjà démodé quand on l'achète, col et poignets en velours bordeaux ou vert bouteille façon Inès – sans Inès, échec assuré. Et la petite robe imprimée rendue célèbre par Diane de Furstenberg, qui ne demande qu'à être déboutonnée. Succès assuré.

Une journée de femme mariée convenable, ce n'est pas grand-chose, et le soir c'est encore moins. À l'heure du cocktail, impossible de déroger à l'incontournable robe noire de future veuve, malheureusement indémodable, hors d'atteinte, banalisée au point d'en devenir incolore malgré son impérial plumage ; inclassable, elle disparaît. Certes, elle peut servir pour les baptêmes et les enterrements et, bien accessoirisée, pour un dîner et même pour un bal.

Depuis ma crise d'allergie chez Chanel, je ne peux plus me trouver dans une soirée où je suis habillée comme tout le monde. L'impression de me fondre telle une noisette de beurre dans un plat de purée ou comme un carré de chocolat au soleil de midi me reprend, et j'étouffe sous des pelletées de terre noire.

L'acheteuse frénétique
est un chasseur solitaire

Le shopping ne tolère ni l'amitié, ni le babillage entre copines devant une réédition de saharienne ou de smoking, ni les gentils conseils, parce qu'ils sont souvent orientés et toujours mauvais. Elle s'appelait Églantine, la copine perdue dans les allées du Bon Marché.

Églantine parlait, elle me posait des questions essentielles, toujours elle me demandait ce qui me rendait heureuse ; quels étaient pour moi les secrets d'un mariage réussi ; si je faisais de la gym ou des régimes (les femmes grosses posent toujours cette question aux femmes minces). Et moi je lui répondais d'inscrire ces questions sur la robe idiote de Laura Ashley qu'elle venait de s'acheter, que cela lui donnerait du caractère, tandis que j'inscrirais les réponses sur une robe volubile de Sonia Rykiel.

Elle ne comprenait pas que je puisse lui conseiller d'écrire sur une robe. Elle croyait que je me moquais d'elle. Et puis elle m'empêchait de me concentrer.

Pour bien acheter, il faut être à l'écoute de son corps comme un médecin de son stéthoscope. Une robe, sur moi, sonne juste ou faux, il me suffit d'écouter mon ronronnement intérieur, mon rythme, ma musique, ma partition biologique.

J'aime le chasseur solitaire, le cœur de Carson McCullers et celui d'Hemingway. Il y a des jours comme ça où je me choisis un thème quand je marche dans les allées des grands magasins, « rayon femme, rayon mode, rayon vingt ans, rayon couturiers... », tant d'appellations pour dire rayon fringues. Alors il me faut de la concentration, un œil avisé, aiguisé, une imagination débordante. Pour bien acheter, il me faut habiter chaque modèle et me transporter en face d'un homme que j'ai envie de séduire. Un roman chaque fois. Voilà le secret d'un ensemble bien choisi et bien porté : un interlocuteur séduisant et attentif. Un homme suffisamment viril pour libérer en lui sa part de féminité, un homme qui remarque un jupon en dentelle jaune, ou un panier tapissé de vison et s'en réjouit comme d'un clin d'œil qui lui serait adressé.

Débardeur en maille viscose asymétrique, deux jupes enroulées, sandales plates tressées à Capri ou Positano, sans bas, bien sûr. L'inconnu numéro 7, je le pressens, a fière allure et, au moment où je parviens à imaginer ce qu'il pensera de cet ensemble, Églantine me demande « si finalement on ne revient pas toujours à l'uni ».

Je ne sais plus quoi penser. Églantine avait hurlé alors que j'écoutais ma musique intérieure, ma sonate tricotée, elle a hurlé juste au moment où je pouvais juger si la mélodie, le concerto, l'aria, le lied, la chanson, le quatuor sonnaient juste ou faux. Bien sûr, Églantine, comme tout le monde, a ses problèmes de poids, de mec. Et depuis qu'elle a lu le *Journal de Bridget Jones*, elle se sent autorisée à en parler : un désastre, ce *Journal* ! Les grosses et les plaquées s'octroient dorénavant tous les droits. Enfin, lorsque Églantine rencontre le grand amour, elle se dérobe, le temps de perdre ses kilos. Évidemment, quand elle les a perdus... l'homme est parti. Elle les reprend aussitôt pour oublier. Classique. Qu'y puis-je ? Approuver cet homme. L'amour, c'est comme le luxe : « Et le luxe, c'est tout de suite », disait Coco Chanel, elle avait raison. Pour consoler Églantine, j'aurais pu juste lui ouvrir les yeux sur la beauté d'un jean clouté, d'une rayonne parsemée de fragments de miroirs comme sur les vêtements folkloriques berbères, en espérant qu'elle y sera sensible. Aucun chagrin d'amour ne devrait résister à neuf heures dans un grand magasin. Églantine finira par porter les rayures dans le sens de la longueur avec l'illusion de paraître aussi fine qu'un barreau, son rêve. Les grosses ne pensent qu'à paraître minces, elles ne s'intéressent pas à la matière, elles ne se réjouissent pas de l'ampleur d'une jupe, des enroulements savants aux accords raffinés de toutes ces mélodies palpables, ces chefs-d'œuvre portables. Seuls les intéressent la maîtrise de la coupe et l'unicolore pour diminuer de moitié les problèmes psychologiques qui les alourdissent et les lestent autant que les kilos. Les gros ont forcément un univers vestimentaire réduit.

– Chut ! Tais-toi, Églantine, écoute à l'intérieur de toi.

Combien de fois ai-je répété ces mots-là...

– Je n'entends que des gargouillis parce que je n'ai rien mangé depuis hier.

– Détache ta ceinture et viens avec moi, on va survoler à basse altitude tout le rayon créateurs avant de piquer du nez sur la Belgique et le Japon.

Demi-robe en tulle et strass sur débardeur lacéré en coton et Lycra. J'approche doucement de la merveille du soir. Je me vois déjà avec cette moitié de robe, je vois aussi les regards des hommes qui s'allument à mon passage, quand Églantine me plante sous le nez une broche en tissu de Nadine Delépine à faire fuir Mamie Nova en personne.

Églantine est blonde, je suis brune sauf au printemps où je me comporte comme une blonde. Je suis une brune qui sait qu'elle est brune et, normalement, je m'habille en conséquence. Nous ne chassons donc pas sur le même territoire. Elle aurait pu ratisser les pastels des couturiers du monde entier et me laisser toutes les gammes de noir de la méchante reine de *Blanche-Neige* dans les représentations de Walt Disney. Puis elle a la peau laiteuse et la mienne est mate ; elle a les yeux transparents et les miens sont d'une opacité étrangement colorée. Nous étions faites pour chasser ensemble, nos fers ne devaient pas se croiser.

Mais voilà, Églantine m'a imitée. Pas dans le choix d'un vêtement – je l'ai dit, nous étions si différentes que nos placards n'auraient jamais pu collaborer – mais dans la quantité.

Églantine ne savait pas s'endetter.

Il devrait exister des manuels sur « la dette, mode d'emploi » ou « l'art et la manière d'être endettée », parce qu'il s'agit là d'un véritable savoir-faire.

Les riches ont souvent plus de dettes que les pauvres, ils connaissent les manigances de l'endettement alors que les pauvres ne les connaissent pas. Églantine aurait dû savoir, mais elle ne savait pas.

Elle a voulu me suivre sans avoir appris à louvoyer entre les angoisses, son désir et sa culpabilité, à frôler la catastrophe et à se rattraper au bras d'un banquier. Elle ignorait le frisson merveilleux de la ligne rouge et son dépassement féerique. Parce que, après la ligne rouge, c'est la banque qui offre, elle renfloue pour avoir une chance d'être remboursée. Comme les pauvres, Églantine a connu la prison à cause d'un dépassement d'une dizaine de robes à peine. Tandis que mon mari, son comptable et son banquier étudient, stupéfaits et presque admiratifs, la colonne débit de mon relevé de compte.

Fringues

L'acheteuse frénétique est intrépide, entêtée, elle a beaucoup de rêves, sa passion est de les réaliser tout de suite, sans réfléchir.

La robe pour le quitter (déjà !)

Il n'y en a pas d'idéale, tout dépend si on est charitable ou si on ne l'est pas, si on veut être oubliée ou regrettée.

En ce qui me concerne, c'est une armée entière de fringues qui s'est liguée contre le mari numéro 1, chacune d'entre elles était habitée d'intentions plus ou moins perverses. La dernière, celle qui a eu raison de lui, était un ensemble plutôt anodin, un de ces trucs que l'on enfile un peu vite pour sortir, en espérant ne rencontrer personne : un twin-set Kookaï porté sur une jupe panthère, bordé d'une dentelle jaune, trois fois rien. Il a choisi ce jour-là, pour me dire que je passais plus de temps dans mon placard que dans ses bras, plus de temps au Bon Marché avec Églantine, plus de temps penchée sur les tiroirs de ma commode que sur les plaques électriques de notre cuisinière.

Il a hurlé comme un bébé mécontent, il a hurlé le jour où j'étais trop mal habillée pour avoir du répondant. Parce que je ne le désirais plus et que ses cris m'étaient indifférents, je l'ai laissé hurler alors qu'il était en colère pour cette raison précise. Il a crié pour les caresses, les petits plats, l'enfant que je ne lui donnais pas. Et je me disais qu'il était incroyablement normal, qu'il devait avoir envie de descendre bras dessus, bras dessous chez l'épicier en se demandant quoi manger ce soir, d'aller au théâtre, d'adopter un jack russel et d'attendre ensemble, sur le trottoir, le pipi de minuit.

Je savais ce qu'il voulait : je ne pouvais pas le lui donner. Il avait sa gentille tête d'ami, et moi j'avais besoin de lui pour remplacer mon salaire de chez Chanel, pour les impôts et les feuilles de Sécurité sociale, pour satisfaire mon insatiable appétit vestimentaire. Il aurait dû savoir que les seules personnes heureuses dans ce monde ne sont pas forcément les plus riches ou les plus puissantes, mais les bien habillées ; je veux dire par là celles qui sonnent juste, qui sont en harmonie avec leur corps, leur esprit, qui ont trouvé leur paradis grâce à un style, une couleur, celles qui ont vaincu par la perpétuelle nouveauté de la mode la peur de vieillir et de disparaître. J'aurais pu hurler moi aussi contre celui qui n'avait même pas su me rendre amoureuse, car ne pas séduire une femme c'est encore plus grave que la quitter. Dans la séduction, au moins, il y a de la vie, il y a quelque chose qui existe, qui grandit, qui fait réfléchir et créer, et qui éloigne de la mort. Qu'importe la réciprocité ?

Le mari numéro 1 ne m'a rien donné d'essentiel.

J'ai perçu ses naïvetés d'homme, ses petits conforts nécessaires qui le mèneront en enfer quand il tombera sur une garce. Ils sont faciles à attraper, les hommes, quand on y pense, le problème c'est de vouloir les garder, de vouloir cohabiter avec ces lourdauds, ces faux durs, ces joueurs de petites voitures, ces bricoleurs du dimanche, ces chanteurs sous la douche, ces papivores, ces papitoutcourts, ces missionnaires, ces abonnés au numéro 69, ces bouillottes, ces poilus, ces bouffeurs de saucisson, ces rapporteurs d'argent et d'honneurs, ces spectateurs de matchs de foot à la télé, ces maîtres corbeaux qui lâcheraient tous les fromages pour une petite récompense, là, vite fait, sur la table de la cuisine.

Je n'ai pas envie de me transformer en maman poule, en maîtresse d'école, en salariée pour « subvenir aux dépenses du petit ménage », en mémère à chienchien, en salope. Je n'aime pas le sexe hard, ça décoiffe, ça chiffonne trop, puis, à cause des hommes, le sexe est immoral envers toutes les robes, dont ils n'ont de cesse de se débarrasser.

Quelle ingratitude ! Pauvres robes sacrifiées au nom du désir de l'homme ! Quelle femme n'a pas assisté, déchirée, au spectacle de la petite gisante à cent cinquante ou huit cents euros jetée, piétinée comme un monticule de terre au pied du lit, tandis que la bête ne pensait qu'à se frayer un chemin au milieu d'elle ?

J'ai choisi les robes.

Malgré tous mes efforts, je sentais bien qu'il ne les

aimait pas ; elles m'occupaient trop, il avait un compte à régler avec elles. J'aurais pu conclure un marché : il continuait à me verser mon argent de poche (deux fois ce que je gagnais chez Chanel), contre un peu d'affection et un jack russel. Mais on ne peut rien faire avec les hommes amoureux, ils sont aveuglés, hébétés, ils perdent le sens des affaires et réclament la passion comme si c'était un dû ou une cuisse de poulet.

— Darling, comment sait-on que c'est fini entre un homme et une femme ?

— Quand il ou elle n'habite plus votre tête ni votre corps.

— On ne se voit presque plus et pourtant tu habites toujours ma tête et mon corps.

— Alors, il faudra que l'on se voie encore un peu, que je sois bonne fille et que je porte la robe qui tue pour t'aider à ne plus m'aimer.

L'absence est la pire des présences.

La robe qui tue

Qui n'a pas, dans un coin de sa tête, le souvenir de sa mère ou de sa grand-mère, debout dans la cuisine, le regard plein de reproches (ce regard qui a envoyé chez le shrink tant de grands enfants), une tasse de café au lait à la main, le corps engoncé dans une robe de chambre matelassée jaune paille ou beige rosé ? Ces robes-là ont anéanti des générations entières de mâles vaillants, à croire que certaines femmes revêtent la robe matelassée comme les curés la soutane.

Alors, pour aider mon mari à s'éloigner de moi, je me suis sacrifiée, j'ai utilisé l'arme, le glaive de la femme au foyer : la robe qui tue.

Personne ne mesurera la part d'héroïsme nécessaire pour revêtir une grosse robe de chambre matelassée, à gros boutons, à gros bourrelets façon passepoil autour d'un col rond, parce que tout est gros dans cette affaire, même la couleur, gros melon de Cavaillon ou grosse pêche d'été, une couleur à fusiller le teint et le moral après quinze jours aux Caraïbes. Une robe sans forme, taillée dans un bloc, une robe qu'aucun metteur en scène, même le plus pervers, n'oserait faire porter à une jolie fille. Cette chose, je l'ai trouvée aux Galeries Lafayette, preuve que les grands magasins sont capables du meilleur comme du pire, et je l'ai portée pendant quarante jours consécutifs, quarante longs matins et sept longs soirs, oscillant entre la tasse de café et la tasse de tisane, sur un T-shirt Fruit of the Loom XXL large à décourager un bataillon de légionnaires en permission. Pour joindre la parole à l'accoutrement, j'ai choisi un matin pour lui dire qu'il était devenu « mon frère ». Et ce mot, émanant soudain d'une silhouette si maternelle, le perturba. Un psychiatre aurait diagnostiqué un trouble de la libido. Il eut l'air assommé, le mélange du mot frère et de la robe de chambre matelassée l'avait achevé.

Je préfère le langage des fringues à celui des mots, je le trouve plus expressif, parfois plus cruel, et lorsque les mots viennent en renfort, le résultat peut être explosif. Il le fut.

Les hommes se méfient des mots des femmes, je les comprends, elles peuvent les manier et les aiguiser comme des couteaux de cuisine. À trop se disputer avec elles, ils risquent beaucoup, peut-être même leur virilité.

J'ai tapé sur son amour à coups de mots, de

fraternité, de sororité, de peignoir Mamie Nova, et entre le peignoir du matin et celui du soir, je suis allée chez Old England et aux Trois Quartiers, j'ai trouvé des kilts écossais à dominante rouge, des pantalons verts à pinces couleur jaguar green racing team, des pulls vert caca d'oie et jaune pisseux, un loden, des jupes et des chapeaux cloches en gabardine surpiqués, un sac gold à porter en bandoulière sur le ventre, des bas opaques – du même type que ceux que l'on vend en pharmacie pour contenir les varices –, et des chaussettes à pompons, des mocassins à franges comme les enfants de Mr Adams dans *La Mélodie du bonheur*. Oui, pendant quarante jours, j'ai porté tout ce que je trouvais d'asexué et d'affreux, j'ai tapé sur mon mari avec ces fringues dont ni le Secours catholique ni les ménagères de plus de cinquante ans de la rue de Passy ne voudraient, j'ai tapé avec des fringues comme je l'aurais fait avec des pierres, pour qu'il comprenne, pour qu'il se détache et que son amour tombe comme un fruit mûr.

Et j'ai gagné.

Et à me voir ainsi sacrifiée, crucifiée dans ma tenue de mémère, il a compris l'irréversibilité de mon désamour et sa fatalité. Il a compris qu'une Darling ne pouvait en arriver là qu'en cas de détresse extrême, même s'il était prêt à croire qu'il s'agissait d'une tendance nouvelle, et à aimer ce nouveau style, si j'insistais.

Pour s'aimer, les mots servent moins que les fringues ; ils ne servent qu'à rompre.

Quand on se quitte, il ne faut pas cesser de se parler, pour essayer de comprendre, pour effacer le mystère et souvent l'amour qui va avec.

Mon mari continuera de me donner mon argent de poche pendant deux ans, la preuve que le mot frère a son utilité. Mais il était inquiet de me laisser seule, sans lui pour me défendre. Il disait que j'aurais du mal à me faire adopter par les femmes, qu'elles n'aiment pas celles d'entre elles qui font trop attention à leur apparence, que c'était de la concurrence pure et qu'elles ne me le pardonneraient pas.

Il disait aussi que les hommes viendraient comme des mouches dès qu'il aurait le dos tourné, et qu'il préférait ne pas trop y penser parce que cela lui faisait mal, nous étions frère et sœur depuis trop peu de temps. Parce qu'il ne pouvait comprendre mon amour pour les fringues, parce que selon lui cette passion était un pansement qui ne servait à rien et que je ferais mieux de soigner l'hémorragie, plutôt que de la garrotter. Il m'a aussi mise en garde contre elles – mes fringues –, comme si les chéries pouvaient être mauvaises pour moi ; il me disait que le monde est pressé et jaloux, que les gens n'ont pas le temps de lire sur les fringues, que c'était prétentieux de ma part d'imaginer que chaque personne que je rencontrerais se donnerait la peine de chercher celle qui se cachait derrière mes oripeaux (de toute façon, j'aurais divorcé à cause de ce mot atroce), il me conseillait aussi de ranger mon chiffon rouge et de prendre garde à ceux qu'une mauvaise impression comble mieux qu'une bonne.

Pension vestimentaire

Il était peut-être gai, l'ensemble du rendez-vous, à Puteaux, dans le cabinet d'architecte en acier et verre fumé de mon futur ex-premier mari, mais dès l'arrivée l'ensemble a changé de destination. Il rayonnait dans mon placard, il l'a éteint d'un regard. Il n'a pas arraché le vêtement, il ne l'a pas transformé, peint, coupé, déchiré. Il ne l'a pas touché.

L'ensemble est mort de son indifférence.

La voix de pastille Valda s'est transformée en voix métallique. Il y a des hommes qui avalent un parapluie, il avait avalé un comptable ; il en avait les formules et expressions : je devais tenir des comptes et garder les factures. L'enfer ! Puis il se mit à aligner des chiffres pour finalement conclure que je dépensais trop d'argent, trop d'argent transformé en robes : mes vêtements empilés dépassaient en hauteur les immeubles qu'il construisait. Il me le disait depuis longtemps, mais je ne l'écoutais jamais.

Le banquier entré dans son corps lui donnait l'ordre

de divorcer, ou il perdrait aussi son propre banquier. N'importe comment il n'en pouvait plus. Il disait que je préférais mon placard à notre chambre, mes fringues à lui, que d'ailleurs, comme une plante grimpante, elles envahissaient tout l'appartement, que ma robe d'aujourd'hui avait dû coûter l'équivalent de cent mètres carrés de moquette ou de trois portes en chêne massif.

L'exemple était mal choisi, ce n'était pas une robe, mais un ensemble. Une jupe en forme et un petit haut très sage à manches courtes, en lin bleu marine. Un ensemble acheté en solde pour trois fois rien. Un ensemble innocent. Ma poitrine était couverte, boutonnée, emprisonnée, bien empaquetée. Un 90 B charitable, à peine soupçonnable. Pour ne pas lui donner de regrets j'avais évité le nouvel Air Up New York de Bolero, un soutien-gorge élaboré sur le modèle des airbags de sécurité qui capture les bulles d'air entre deux membranes de plastique thermocollées pour arrondir de manière naturelle et diabolique un décolleté. Irrésistible sous un T-shirt. Le futur ex-mari, son banquier et son comptable, le trois-en-un, auraient patiné ; *Holiday on Ice* pour moi toute seule. Le trois-en-un s'y serait repris à plusieurs fois pour me larguer et le résultat aurait été moche, comme la hache du bourreau qui dérape sur le cou du condamné. Tant pis pour la coquetterie, l'important était d'en finir.

Pendant que le futur ex parlait, je me disais que c'était ça, un divorce : flinguer ce que vous aviez cru aimer ; la mauvaise foi, les contradictions faisaient partie du lot de consolation, il suffisait de s'y attendre, de devancer le coup. Comme je connaissais son plan d'attaque et que je m'y étais préparée, je n'ai pas eu mal.

Dans les placards, l'injustice continue, les robes de jour payent pour les robes de bar et de night-club. Mais les unes comme les autres amortissent les coups.

Il m'a quittée un peu anesthésié, j'ai bien vu qu'il n'était plus tout à fait là quand il parlait, il s'était éclipsé de lui-même ; le banquier, le temps de l'exécution, avait pris la place. Les chiffres avaient remplacé les mots. Il s'agissait d'argent de poche, de dépassements, de dettes. Les chiffres du désastre dans lequel j'entraînais mon mari. Résultat : ce fut la fin de ma procuration sur son compte. Puis l'ami est revenu : il me prêtait l'appartement et m'offrait une pension pendant vingt-quatre mois.

La voix du banquier protesta : les vêtements ne sont pas un investissement. La voix du mari, contrariée puis contaminée, répéta derrière celle du banquier : « Les fringues ne valent rien, elles perdent de leur valeur à peine la porte du magasin franchie. »

Mais après tout, pendant vingt-quatre mois je serais libre de dépenser mon argent comme je le voudrais.

Et si je devais aller en prison pour chèques sans provision, je relookerais avec Églantine l'uniforme de Fleury-Mérogis.

Les pensées de mes anciennes clientes

Souvent, avant de m'endormir, me reviennent en tête les pensées de mes anciennes clientes :

« On achète toujours plus quand on n'a besoin de rien. » (Ma préférée.)

« Ça, ça, ça, ça et ça (le doigt pointe). Et vous enverrez la note à Mme Soulard, ma secrétaire. » (MTL.)

« Un smoking YSL, c'est un investissement à long terme. » (MTL.)

« Je n'ai pas pris un gramme depuis que j'ai dix-huit ans. » (Méthode Coué.)

« Je prends tout ce qu'a acheté MTL. » (Une admiratrice de MTL.)

« Je n'ai pas assez de temps pour aller dans une librairie. »

« J'ai arrêté la psychanalyse et j'ai ouvert un compte chez Ungaro. » (Ça marche, paraît-il.)

Dans le même genre :

« Il vaut mieux donner de l'argent à son couturier

qu'à son psychanalyste, on a plus de chances de refaire sa vie. »

« Pourquoi Galliano n'est-il pas remboursé par la Sécurité sociale ? »

« Rien n'est plus éreintant qu'essayer. »

« Vos miroirs sont déformants ? »

« Un nouvel amant égale un nouveau look. »

« Je dois encore aller chez le coiffeur, c'est dur. »

« Je n'ai pas une minute à moi. »

« Vous mesurez combien pour quel poids ? » (MTL s'adressant à chaque vendeuse qui s'occupe d'elle.)

« Donnez-moi la taille au-dessus. » (L'intonation est désespérée.)

« Demain, je me mets au régime. » (Un classique, OK.)

« Un sac Hermès, c'est un passeport international. » (La même existe, version montre Cartier.)

« Les soldes, c'est quand on achète tout ce dont on n'a pas besoin et à la mauvaise taille. »

« Les costumes de bain, plus ils sont petits, plus ils sont chers. » (Un classique.)

« De temps en temps, il faut céder à la futilité. »

« C'est profond, la futilité. » (Un cliché, OK, mais elles en disent aussi.)

« Les cardigans, je les prends en triple parce que j'ai trois maisons. »

« Qu'est-ce que vous avez reçu de nouveau depuis hier ? »

« Aucun chagrin ne résiste à une heure de shopping. »

« Mon mari est meeeerrrrrveilleusement généreux. Que Dieu le protège. »

« Je donnerais toute ma fortune pour avoir dix kilos de moins. »

« La vraie injustice sur terre, c'est la minceur. »

« Jamais trop riche, jamais trop mince. » (Bill Paley, repris par Nane Kempner.)

« Appelez Kaaaarl ! »

« Appelez Jean-Paulll ! »

« Appelez Emanuellllll ! »

« Une femme qui ne s'habille pas n'a pas d'avenir. »

« Pour se faire aimer des autres femmes quand on est bien habillée, je ne vois qu'une seule solution : leur dire qu'on est malheureuse. »

« Les fringues, ça sert à appâter les hommes. Après, pour les garder, il faut avoir quelque chose dans le ventre. »

« Il vaut mieux une bonne coupe de cheveux et un tailleur de moins. » (Dayle Haddon.)

« Quand tu veux déstabiliser une femme, regarde ses chaussures, l'air effaré. »

« J'ai l'air d'avoir onze ans et demi. » (MTL.)

« Mon chou, vous avez été si divine avec moi ! Venez déjeuner dans *ma* campagne, dimanche, *mon* chauffeur vous donnera un lift. » (MTL.)

« Je claque, donc je suis. » (C'est de moi... Darling.)

Cruella,
robe pour inconnu numéro 8

J'aime les hommes que je ne connais pas. Le problème, c'est qu'ils ne peuvent servir qu'une fois, parce que la seconde fois, je les connais.

Dommage. C'est avec les inconnus que je parle le mieux. On peut souffler fort sur un inconnu, comme dans un Kleenex, on ne le réutilisera pas.

C'est avec eux aussi, eux seuls, que je fais mieux l'amour.

« Quand vous êtes arrivée, tout le monde s'est retourné, les femmes ne vous le pardonneront pas », m'a dit l'inconnu numéro 8, un inconnu d'un soir tard après mon divorce, un de ces soirs où je traînais chez n'importe qui pour ne pas rentrer chez moi. Il s'est tu. Puis il a parlé, après avoir longuement tiré sur beaucoup de cigarettes, en m'observant du coin de l'œil.

« Vous vous fichez de ne pas être aimée des femmes ? Non ? Alors, pourquoi les provoquez-vous ainsi ?

– Je veux être aimée telle que je suis, pas parce que je suis inoffensive.

– Est-ce que vous êtes comme ça ? dit-il en pointant mes vêtements d'un doigt méprisant. Est-ce qu'il vous arrive de vous habiller pour vous, ou vous habillez-vous toujours pour la galerie ? À vous voir ainsi, je me demande s'il y a quelqu'un à l'intérieur de vous.

– Ça dépend des jours, il m'arrive de m'absenter.

– Pourquoi ?

– Parce que tout n'est pas bon à vivre.

– On ne peut pas être à l'aise avec quinze centimètres de talons aiguilles, la taille emprisonnée dans un ceinturon digne des mousquetaires et brodé de fils d'or acérés comme des aiguilles qui doivent vous griffer le ventre. Qui voulez-vous blesser ? Les hommes ? Les femmes ? Vous-même ?

– Vous parlez comme un psy, et je les fuis.

– Ce soir, vous vous êtes habillée pour épater les femmes ?

– Les femmes comprennent mieux que les hommes le langage des fringues, mais ce soir je ne me suis pas habillée pour elles.

– À trop jouer à ce jeu, elles finiront par vous tuer, à moins que vous n'y parveniez toute seule, comme une grande. Je ne suis qu'un homme, je ne sais peut-être pas très bien lire dans la doublure d'une robe, mais vous êtes une victime en puissance, et pas fashion du tout. Ce n'est pas votre sentiment ?

– Il y a des questions que l'on n'a pas envie de se poser, parce qu'elles sont inutiles. Pensez aux gens intelligents que vous connaissez, interrogez-les et vous verrez si l'auto-analyse a changé quoi que ce soit dans leur vie. Mon voisin de palier est philosophe – personne n'est parfait –, un soir il m'a confié avoir écrit un livre sur l'emprise qu'une femme a eue sur lui ; il a compris son masochisme, son besoin de châtiment, ce désir infantile de se retrouver en état de dépendance, etc., et, malgré cette analyse, chaque fois que je le croise sur le palier, il me parle d'elle, de la fille aux cheveux blonds, il ne peut pas s'en empêcher... Il radote. Alors, la compréhension...

– Moi, je préfère savoir pourquoi, à un moment donné de ma vie, je ne tourne pas rond.

– Si je suis victime aujourd'hui, c'est que cela doit m'arranger, comme mon philosophe qui a dû s'inventer un chagrin d'amour pour écrire. Maintenant qu'il est presque guéri, il est à sec. Mais, comme il aime la littérature plus que les femmes, il va trouver une autre fille qui se dévouera pour le torturer, et il reprendra sa plume.

– Cela pourrait être vous.

– Peut-être... Est-ce que ma robe vous plaît ?

– Une fille comme vous n'a pas besoin d'autant de fanfreluches, et puis, avec tous ses petits boutons qui descendent du haut de votre nuque au bas de votre dos, cette robe ne doit pas être de la tarte à enlever... Quoi ? Que dites-vous là ? Il y a une fermeture Éclair cachée derrière les petits boutons ? Moi qui ai failli me décourager ! Viens, dit-il en me tendant la main, je connais la maison, la chambre est par là.

Robe pour inconnu numéro 9

– Tu t'appelles comment ?

– Darling.

– Je m'appelle...

– Chut... je ne veux pas le savoir. Tu seras l'inconnu numéro 9.

– C'est quoi, ça ?

– Un numéro doux.

– Je préfère les mots doux.

– Qu'est-ce que tu as contre le chiffre 9 ?

– Rien. Mais c'est bizarre... Il y a beaucoup de bruit.

– Normal, on est dans une boîte de nuit !

– Tu n'as pas chaud avec... enfin, tu sors du théâtre ?

– Non.

– D'un bal costumé ?

– Vous ne savez plus être des enfants, vous autres les adultes. La vie est une pièce de théâtre. C'est pas parce que tu as les cheveux gris que tu dois porter une cravate. Moi, je te verrais en rastaquouère amélioré, un Copacabana Bay made in downtown.

– Tu es folle ?

– Folle et inutile comme beaucoup, mais je suis unique.

– Ton costume, c'est Alice au pays des merveilles.

– Galliano a fait l'habit, Darling l'assaisonnement.

– Il faut un certain courage pour porter un truc pareil.

– Plus que pour porter un costume et une cravate. D'ailleurs, je ne sais pas pourquoi j'ai accepté de prendre un verre avec toi, je déteste les directeurs, le mot seul me fait mourir de rire. Pour porter un blazer bleu marine, une cravate club genre Ricci ou Hermès, tu es forcément un directeur, un prisonnier, un pigeon qui roucoule devant ses actionnaires, un type qui a peur de déplaire, et moi j'ai accepté de prendre un verre avec toi parce que je trouve que me trimballer un mec en costard avec ma tenue d'Alice au pays des merveilles, c'est drôle. C'est comme promener le lapin blanc au bout d'une laisse. Tu trouves pas ? Dommage que tu sois forcément obsédé par l'ordre et la sécurité, tu es un prudent... Dans dix minutes, tu auras peur de moi et tu partiras.

– Non...

– J'ai dit dix minutes.

– Tu bois quelque chose ?

– Une Marie Brizard.

– C'est quoi, cette musique ?

– Eminem... Ta femme est en voyage ? Qui es-tu ?

– Inconnu numéro 9... tu l'as dit, un mec assez

banal, pas fou, pas inutile. Un directeur quelconque. Et toi, qui es-tu ?

– Alice au pays des merveilles.

(Certains ont leur plume, leur langue comme lance-flammes, moi j'ai mes fringues.)

– Mais attention ! Qu'est-ce que tu fais, tu es folle ?

– Je brûle le bas de ma robe avec le bout de ma cigarette ; regarde, cela fait de jolis trous, bien ronds, comme une dentelle. Ainsi l'air passe et c'est plus aérien... Je t'ai dit : tous les modèles, même ceux de Galliano achetés chez Steinberg et Tolkien[1], sont revisités par Darling. Tu ne veux pas avoir l'air un peu plus funky ? Tu ne veux pas que je t'aère ta cravate, que je te la sculpte avec mon mégot ?

– Au secours !

– J'adorerais une robe sur laquelle serait inscrit « au secours ! » comme sur la tombe de Louise de Vilmorin. Le problème, c'est que je serais tentée de la porter tous les jours : on a tous les jours une raison d'appeler au secours, non ? Imagine une robe taillée dans un tissu cicatrisant, une robe en gaze avec des petites poches partout pour glisser des comprimés de Xanax et une photo de Sigmund Freud brodée sur le cœur. Ce serait super...

– Tu es vraiment allumée...

– Comme une cigarette... Tu pars ?

– Oui.

---

1. Magasin de vintage, à Londres.

– Tu vois, je t'avais donné dix minutes...
– Tu l'as fait exprès.
– Peut-être...
Je suis triste. Je suis toujours triste quand un homme qui va bien avec ma robe me quitte.

Pour attraper un inconnu numéro 9, type directeur, il aurait fallu être habillée comme pour aller à Lamorlaye chez MTL, un tailleur chic, le genre de vêtements qui anéantissent tous mes désirs, tarissent mes fantasmes et ma libido. Je ne sais pas aimer en prêt-à-séduire, parce que c'est l'imagination et le talent d'un autre qui rayonnent alors, sans ma folie à moi.

Est-ce possible d'être en osmose avec une étoffe ?

Je revêtirais la soutane, que j'aurais l'âme d'une bonne sœur !

Je bois, je capte, chacun des pores de ma peau s'ouvre, absorbe, se gargarise, s'alimente des fibres d'une étoffe comme un lecteur attentif du contenu d'un livre. J'analyse, je décrypte, je traduis avec mes émotions, ma sensualité, j'attrape les messages d'Yves, d'Emanuel, de Jean-Paul, de John, je les mélange à ma façon et les emmène au-delà de l'épiderme, du derme, de l'hydroderme, des muscles. Mes veines et mes artères transportent les fringues et les falbalas, et c'est tout mon corps, tout mon cerveau qui se colorent, s'impriment et se nourrissent de fleurs, de pois roses et blancs, d'écossais vert et rouge, de pied-de-poule gris et noir. Ce soir, j'ai le cœur en velours dévoré et la peau en toile de Jouy, rose et blanc cassé.

Je suis ce que je porte.

La robe manquée

Le manque, c'est lorsque j'imagine que je pourrais être tellement heureuse avec une personne ou une robe, et que l'une comme l'autre sont inaccessibles.

Parce qu'il y a des « non » définitifs et un prix qu'aucun bas de laine, aucun régime sucres d'orge-carottes râpées ne suffirait à payer.

Alors il faut faire le deuil de cette part de rêve, le deuil de celle que j'aurais été en crêpe marocain vert amande, les épaules serrées dans un châle frangé.

Il faut faire le deuil de la part de soi qui ne sera pas, et du moment que je ne vivrai pas. Le deuil de l'homme qui a eu peur d'Alice au pays des merveilles. Le deuil de la robe Delphos aux tonalités clair de lune, aux reflets lagune de Fortuny portée par Natasha Rambova, le deuil des bracelets en ivoire arborés par Nancy Cunard et de l'étole de Lee Miller photographiée par Man Ray. Le deuil de cette cape en soie rose brodée d'un soleil d'or par Elsa Schiaparelli pour la collection Astrologie, le deuil de la robe sirène de Charles James et de l'ébauche d'une robe intemporelle de madame Grès. Le deuil de celle que je n'ai pas pu être, plus cruel encore que le deuil de celle que j'ai été. Les musées sont des sarcophages, les boutiques des nurseries. La vie est un immense shopping, et les robes nous renvoient comme les souvenirs au paradis ou en enfer.

Quand le présent m'affole, quand la nouveauté dans sa course frénétique et mélancolique me bouscule trop, quand j'ai répondu avec excès à cette nécessité intérieure qui m'entraîne à acheter comme s'il s'agissait d'une question de survie, je me tourne quelques instants vers les trésors de mon cimetière, vers cette intemporalité relative, vers ces robes qui avec le temps peuvent devenir des œuvres, et j'ai envie de les ressusciter sans les piller ni les transformer, de les sacraliser.

Les robes meurent de ne plus être portées. Mais nous aussi un jour, nous mourrons, dans pas très longtemps, en fait plus vite que les robes.

La vie est ainsi composée comme les garde-robes de souvenirs inoubliables, de grands regrets et de petites affections qui gâtent l'horizon ; elle est faite d'espoirs, de projets, de robes manquées et d'illusions perdues.

La robe pour sortir
le sac-poubelle bleu mer des Caraïbes

Un soir j'ai décidé de croiser mon voisin de palier, sur le palier. Le hasard est maladroit, mieux vaut lui venir en aide. Depuis la nuit des temps, on nous fait croire qu'il est responsable de bien des rencontres, alors que presque toutes sont préméditées.

Avec l'inconnu de l'avant-veille, le chapitre était clos. Il ne dérogera pas à la règle : il demeurera l'inconnu d'un soir, un homme avec un sexe et pas de nom (je pense au numéro 8, pas au numéro 9). Notre conversation ayant débordé pour des raisons obscures sur mon voisin philosophe, celui-ci avait réveillé ma curiosité.

Le moment est aussi important que la personne. Je dirais même que le moment est plus important que la personne.

La vie ne manque pas d'exemples où la bonne personne au mauvais moment se fait supplanter par la mauvaise au bon.

Même en talons aiguilles, jupe à godets et slip string, allez attraper l'homme de votre vie en plein décalage horaire, entre deux réunions, s'il n'a pas pris de douche depuis vingt-quatre heures...

Je m'étais préparée pour une rencontre inopinée, qui aurait dû avoir lieu vers sept heures du soir, heure à laquelle souvent je l'entendais essuyer ses pieds sur son paillasson. Depuis Noël, quand je regardais par l'œilleton, je le voyais seul, le dos voûté, une écharpe rouge autour du cou été comme hiver, en signe de reconnaissance et de coquetterie – comme les femmes à rouge à lèvres qui ne quittent pas leur stick –, un cartable usé greffé au bout d'une main, des journaux dans l'autre. Mais plus de fille aux cheveux blonds.

Toutes celles qui ont connu l'excitation de l'incertitude savent de quoi je parle. L'attente, c'est la pêche à la ligne, les appâts sont les fringues, les mauvaises odeurs en moins. L'alibi, la préparation et l'angoisse en plus.

L'alibi, c'était le sac-poubelle, dont le manque de romantisme me protégeait du soupçon de préméditation. Quelle femme serait assez folle pour aller à la rencontre de l'homme qu'elle a élu, ne fût-ce que pour une nuit, un sac en plastique bleu à la main, débordant d'épluchures de carottes et de boîtes de sucres d'orge vides, de papier de soie de toutes les couleurs et de sacs de différentes boutiques ?

Le philosophe était impressionné par mes fringues, chaque fois que l'on se croisait il me regardait, étonné, lui qui ne devait posséder qu'une série de T-shirts gris et une veste noire en velours râpé.

Surtout éviter de l'effrayer : la peur a un effet inhibant chez les hommes. Le bon gros sac-poubelle bleu mer des Caraïbes devait le rassurer et me composer une allure plus humaine, malgré mon débardeur à paillettes fuchsia d'Alexander McQueen. Parce que je ne peux pas m'en empêcher, même pour sortir les poubelles. Alors, pour calmer le jeu, j'ai enfilé une jupe en jean Levis, le jean, dans la tête des gens, signifie décontracté. J'ai choisi donc ce signal-là, l'expression jeune, cool, simple et sympa, pour la prise de contact.

À chaque frémissement d'ascenseur, je sortais, poudrée comme pour monter sur les planches, parfumée comme une esthéticienne, mon sac-poubelle bleu océan Indien à la main.

Quatre fois j'ai franchi le palier pour rien. L'ascenseur dépassait notre modeste deuxième étage pour s'envoler vers les sommets. Alors l'attente prit des allures de traque, et renaissait mon désespoir de petite fille que le père Noël va peut-être oublier ; c'était toute ma vie que j'avais l'impression de jouer en une seule soirée. Et s'il ne venait pas ? S'il avait pris l'avion pour le Chili ou la Chine ? Et s'il était déjà passé chercher ses affaires pendant que mon bain coulait ? J'avais été négligente, je n'avais sans doute pas entendu la machine qui monte et qui descend, et je l'avais raté ! Peut-être avait-il emprunté les escaliers ? Alors il était déjà là, absorbé par la lecture du *Monde*, à quelques mètres de moi, derrière sa porte en bois aggloméré. Dans ce cas, j'avalerais un Xanax avec un verre de whisky : je n'ai encore rien trouvé de mieux pour remplacer un rendez-vous manqué à l'heure où le Bon Marché est fermé. D'ailleurs, ces heures de fermeture de boutiques, c'est un drame pour les shootées du shopping. Les propriétaires des grands magasins (les grands magasins sont mes préférés parce qu'ils sont enveloppants comme une maison de famille, étourdissants comme un manège et divertissants comme Tex Avery) ne se rendent pas compte de la tragédie qui se joue chaque soir vers sept heures dans mon cœur quand le manque est trop grand, quand je n'ai pas eu mon compte de nouveautés dans la journée. Il me faut une rencontre amusante pour remplacer le Bon Marché ou le Printemps, même si je sais que rien ne pourra les égaler émotionnellement. Ce soir, j'ai choisi mon voisin philosophe. Un beau profil d'inconnu numéro 10.

J'attends derrière ma porte, en bois aggloméré elle aussi, et je ne peux rien faire d'autre. J'ai déjà rangé les affaires de l'avant-veille au cimetière, dans la longue housse en plastique blanc, avec l'étiquette ROBE D'UN SOIR, INCONNU NUMÉRO 8, parce que c'est la huitième fois que cela m'arrive avec un inconnu, et que je préfère leur donner des numéros que des noms. J'ai noué le bas de la housse : la robe qui a accompagné une rencontre, la robe qui a été déboutonnée, dégrafée par les mains d'un homme lui est consacrée, je ne la porterai plus, personne, jamais, ne posera la main sur elle, à part moi, peut-être, un soir de nostalgie... Je la sortirai du plastique et je la caresserai pour savoir ce que l'inconnu a ressenti, parce que, à toucher le même tissu, on comprend quel souvenir il aura emporté avec lui.

Mes robes sont fidèles.

Je suis collée derrière la porte, l'œil vissé contre l'œilleton.

Il est huit heures, et me voilà transie, paralysée comme si j'étais tombée amoureuse. Peut-être qu'à cet instant je l'aime. On peut adorer quelqu'un que l'on connaît mal, que l'on ne connaît pas, simplement parce que l'on a envie d'aimer à cet instant et que c'est lui qui correspond à nos espérances. Je peux aimer pour une heure. Je crois même n'avoir jamais dépassé une heure. Pourquoi négliger un amour de soixante minutes ? N'est-il pas de la même essence qu'un amour d'une vie ? Qu'est-ce que trente ans comparés à l'éternité ?

Bientôt neuf heures. Le voisin philosophe et son chagrin d'amour ne sont toujours pas rentrés, et moi je suis encore là, debout, mon sac bleu des mers du Sud à la main, l'âme d'un saint-bernard, prête à bondir.

J'aurais aimé chérir un homme dont les pensées étaient occupées par une autre femme. J'aurais eu l'impression de l'aimer sans lui. J'aurais reçu ses gestes vides, ses gestes destinés à une autre avec plus d'émotion que s'ils avaient été pour moi. Je l'aurais serré contre ma poitrine en sachant que je ne pouvais rien pour lui. Je l'aurais plaint de s'être laissé dépasser par ses sentiments, par son désir, j'aurais méprisé sa raison vaincue et sa science impuissante face à une paire de jolies jambes. Je ne me serais pas sentie en danger : un homme amoureux est perdu pour les autres femmes. Je lui aurais appris à ne plus être une victime, à être gentil, seuls les hommes forts sont gentils avec les femmes ; les femmes ont cessé de confondre force et indifférence. Je lui aurais expliqué tout ce que l'on ne raconte pas dans les livres de philo. J'aurais épousseté les pellicules sur le col de sa veste en velours noir, j'aurais troqué son T-shirt gris contre un T-shirt blanc, son écharpe rouge contre une écharpe bleu marine plus adaptée à son teint.

Le père Noël n'est pas passé. Petite fille, déjà, il m'avait fait le coup et je m'étais réfugiée toute la nuit dans les bras de mon ours géant. Je me souviens encore de l'odeur de son poil brun, rêche, et de sa bavette en coton blanc amidonnée sur laquelle son nom, Tintin, était brodé de fil rose.

J'ai un compte à régler avec le père Noël, avec tous les pères Noël du monde.

Il n'y a que les placards, les placards bourrés de fringues colorées, bien coupées, pour me consoler.

La robe pour le shopping

Je suis sortie vers midi. Je n'avais pas pris l'air depuis plusieurs jours.

Quand je me promène dans la rue, les gens se retournent, j'ai vu des femmes sourire, d'autres tirer par le bras leur mari, certaines même rire. L'important est de provoquer une réaction, de fuir l'anonymat et de voir les têtes se tourner. Après les passages de MTL chez Chanel, j'ai noté : « Passer inaperçue, c'est mourir un peu. »

Souvent, les fringues décident pour moi. Elles ont bon goût, les fringues ; ce matin, débarrassées de moi, elles ont joué à s'assembler entre elles, entre fringues anonymes, celles du magasin, qui n'ont servi aucun moment important, et fringues neuves : le magasin, c'est juste avant le cimetière. Il y a au cimetière encore une centaine de housses vides prêtes à accueillir les moments exaltants de ma vie. Plus j'aurai de housses pleines, plus ma vie aura été intense. Et quand toutes les housses seront remplies, je déménagerai. Il n'est pas question de les léguer au Secours catholique ou à un musée, encore moins de les stocker dans une cave où, j'en suis sûre, elles mourront moisies et abandonnées.

Les fringues pour décor, c'est ce que je préfère, les murs deviennent plus humains, ils racontent des histoires mieux que n'importe quelle photographie de tableau de maître.

Quand je sors de chez moi, je suis habillée sur mon corps, bien sûr, mais dans ma tête aussi. Je respecte une longue tradition vestimentaire, j'ai acquis mes quartiers de noblesse. Ce matin, comme il faisait froid, j'ai mis une ample cape en velours rouge trouvée sur le trottoir des puces de la porte de Vanves ; selon la brocanteuse, c'était l'un des plus beaux costumes de *Boris Godounov* au début du siècle – peu importe d'ailleurs –, je l'ai mise sur des bottes en poulain de chez Christian Louboutin, qui montent au-dessus des genoux et me donnent un air d'amazone, et une robe courte en tricot tête-de-nègre pour qu'on puisse les voir.

Les vêtements s'assemblent comme les hommes en société, il y en a toujours un qui mène et donne la direction à suivre. Les bottes ont pris le dessus sur la cape, et comme je n'ai pas de canne, j'ai pris un parapluie au pommeau suffisamment sculpté pour ressembler à celui de MTL.

À l'angle de ma rue, la plupart du temps il y a un groupe d'enfants qui m'attend. Cette fois, une petite fille, vêtue d'un tablier ouvert sur une robe de laine aussi sale que la blouse, m'a demandé, poussée par ses copines, si j'étais une princesse.

J'ai pris le visage de l'enfant entre mes mains et lui ai dit qu'à son âge, je n'étais pas une princesse, mais que je l'étais devenue.

– On peut devenir une princesse ? me demanda l'enfant.

– Oui, lui dis-je.

Et la petite fille, ragaillardie par ses amies qui lui pinçaient le bras, ajouta :

– Mais comment est-ce possible ?

– Je te le dirai un jour. Je ne connais pas ton nom, mais pour moi tu seras la petite fille, comme si tu les incarnais toutes.

– J'aimerais venir chez toi.

C'était impossible, personne, jamais, pas une femme de ménage, ni même mon propriétaire, n'était entré chez moi depuis que mon mari était parti et que j'avais investi cet endroit.

– Un jour, à quatre heures et demie, je serai là, je t'attendrai.

L'enfant, le regard émerveillé par l'espoir que je venais de lui donner, continuait de me regarder. Je me sentais capable de décevoir un homme, j'y prenais même un malin plaisir, mais pas une petite fille.

La pluie glisse sur les trottoirs, la cape de Boris Godounov, gorgée d'eau, traîne et s'alourdit à chaque

pas. Je me suis habillée sans prendre le temps en consi-
dération, je ne me sens pas assez confortable pour
affronter une journée de shopping, malgré le bonheur
d'être confondue par les enfants avec un personnage
de bande dessinée. Ce matin, les gens se moquent plus
qu'à l'accoutumée ; il y a des jours comme ça. Les
gens séparent leur mode vestimentaire en jour et nuit :
porter une cape de minuit à midi, cela fait désordre
dans la tête, je suis suspecte. De toute façon, la beauté
est toujours suspecte.

MTL aurait transformé ma cape brodée de fils
d'argent en pouf rugueux sur lequel des ministres et
des ambassadeurs auraient posé leurs augustes derriè-
res. Finalement, le poids de la cape m'a forcée à
remonter me changer. Le poids des regards, quand je
ne les recherche pas, je m'en accommode.

J'ai enlevé la cape et je me suis déshabillée : les
bottes en poulain de chez Louboutin n'allaient avec
rien d'autre. Puis j'avais envie d'inspirer le respect, non
pas celui des snobs de Lamorlaye, mais d'une personne
respectable par elle-même, ce qui est beaucoup plus
difficile à obtenir juste avec les fringues. C'est un travail subtil que d'avoir l'air de ne pas y penser, d'avoir
l'air de sortir d'un ordinateur ou d'un château, alors
que moi je sors de mon placard, que tout mon être et
mon énergie sont aspirés par l'apparence, parce que

c'est une question vitale. Voilà pourquoi les gens se retournent toujours à mon passage. Ils le sentent.

Les fringues d'un genre convenable ne m'amusent pas. Elles ne se satisfont ni de la gaieté, ni des couleurs, ni des formes flatteuses.

Le respect, c'est l'austérité, les couleurs sombres, les coupes droites. Rien ne se gagne sans souffrance, ni le look, ni la thèse qui va avec.

Je sors de mon magasin perso, de ma réserve de nouveautés, le tablier bleu marine d'un couturier japonais dont la seule folie est de se glisser sur un pull beige aussi fin qu'un tricot de peau, et de se porter avec des godillots compensés d'une vulgarité « branchée » en guise d'excuse. Il faut vraiment avoir envie d'être aimée par ceux qui ne vous aiment pas pour s'accoutrer ainsi.

Après l'échec de ma mise en scène de la veille, sac-poubelle bleu des mers du Sud à la main, je n'avais pas envie de prendre le risque d'être rejetée alors que je m'étais habillée pour séduire. Je voulais aller au-delà de mes propres schémas, me vêtir d'un truc simple, un truc du stock, à porter avant d'être périmé, histoire de me reposer loin des looks trop envahissants qui m'habitaient, de m'abandonner, d'ouvrir un espace dans ma tête et dans mon corps, d'accueillir la déesse nouveauté. Une femme qui cherche un col roulé noir ou un chemisier blanc n'achètera rien d'autre, comme une femme amoureuse, personne ne peut la séduire, hormis son amour. C'est une forteresse. Décidément, le comportement vestimentaire ressemble au comportement amoureux.

Avec les fringues, je suis plus aventureuse qu'avec les hommes, j'ai l'esprit plus large, j'ouvre grand mon placard et dedans il y a toujours place pour l'innovation, encore plus que dans mon cœur. Comment aimer sans être libre de son choix, comment s'habiller sans quelques étagères à remplir ? Le vide, c'est l'avenir, l'inconnu, la place du rêve.

Ma robe favorite est celle que je n'ai pas. Je préfère mes tringles à remplir aux magnificences de mon musée, à la mélancolie de mon cimetière, au stock de mon magasin. Quand je regarde cette tringle et ces cintres squelettiques, je me sens prête à aborder l'originalité du jour, à enrichir mes vêtements chéris, du cimetière et du magasin, de nouveaux compagnons qui nous emmèneront, mes fringues et moi, loin de la grisaille. Elles ne sont pas sectaires, mes fringues, je dirais même qu'un certain esprit cosmopolite nous habite, elles osent les mélanges de marques, de styles, de pays et d'époques.

C'est fou, quand j'y réfléchis, comme il suffit de peu pour gagner sa liberté et mériter le titre d'« excentrique ». Se décaler, à peine. Se tromper de tiroir, choisir des vêtements d'une autre saison, revêtir un uniforme qui n'est pas le sien, arriver en pompier, en majorette, en Pompadour, en cosmonaute, et votre cause est entendue : le Samu vous raccompagne. J'adore voyager au travers des siècles et des professions, j'adore quand mes vêtements violent l'espace, les interdits et rire toute seule en regardant la tête des gens.

Il y a des jours où ma personnalité fuit de partout. Alors je m'éparpille. Parfois, il me suffit d'un but pour me regrouper, pour éviter le shopping sauvage – comme il y a le camping sauvage –, la boulimie maladive et désordonnée.

Ce matin mes emplettes seront orientées, j'ai un but : MTL m'a invitée à Lamorlaye. Le but c'est de lui plaire. Il faut donc chasser sur les mêmes territoires que les siens, attaquer l'avenue Montaigne, le faubourg Saint-Honoré, patrouiller rue Cambon, réfléchir à ce qu'elle a pu rapporter de ses virées, se souvenir de ses pensées lors de ses visites chez Chanel : « Un smoking Saint Laurent, c'est un investissement à long terme », tenter de la cerner.

La robe pour aller chez les snobs

– C'est une robe d'Yves ? De la haute ou de la basse ?

Ce furent les premiers mots que m'adressa Marie-Thérèse Laville, dite MTL, comme ils l'appelaient là-bas, tandis que je montais, le cœur battant, le grand escalier du château de Lamorlaye où elle m'avait conviée à déjeuner.

Après l'incident chez Chanel, trop impatiente de connaître mon ADN vestimentaire, elle avait oublié de me demander de mes nouvelles – de toute façon, les gens polis vont bien – et préférait piquer du nez sur mon corsage. Un vrai raid, tout y était. L'arme : la canne au pommeau ciselé qu'elle agita vers moi, puis qu'elle lâcha pour attraper les jumelles : ses lunettes qu'elle inclina de ses mains aux veines saillantes, aux doigts déformés, de façon à provoquer un effet de loupe en rapprochant les verres de ses yeux myopes.

– C'est une robe d'Yves ? De la haute ou de la basse ?

97

Deuxième tir de mitraillette. Les hélicoptères d'*Apocalypse Now* tournoyaient autour de moi.

Même si ces questions, somme toute assez personnelles, sont surprenantes, je comprends MTL. Moi aussi, quand je croise une femme bien mise, je préférerais lui demander d'où vient sa robe plutôt que des nouvelles de sa santé. Mais je n'ose pas. Elle ose. Question d'âge. De château à la campagne.

– Alors ? dit-elle en agitant ses lunettes.

L'insecte sous le verre du microscope, c'était moi. Tout le monde est regardé. Moi, j'étais analysée, soupesée, scrutée ; MTL voulait savoir où je m'habillais quand je quittais l'uniforme.

Elle réitéra sa question :

– C'est une robe d'Yves ? De la haute ou de la basse ?

Il n'était pas improbable que le prénom Yves désignât le couturier Saint Laurent.

Sous l'emprise du syndrome caméléon – qui guette même les plus rebelles – j'avais dégoté – imaginant que l'on ne pouvait plaire à MTL qu'à condition de lui ressembler – un modèle de l'automne-hiver sur une blouse en soie blanche retenue à la taille par une ceinture noire. Rien de folichon. Tom Ford est bien éloigné des collections russes, espagnoles, arabes du règne Saint Laurent. Le temps était au minimalisme et malgré ces couleurs basiques, ces coupes masculines, MTL reconnut l'esprit Saint Laurent qu'elle continue d'appeler Yves par habitude. J'avais acheté ce vêtement avenue Victor-Hugo beaucoup trop cher pour ma pension, mais il fallait en passer par là pour être acceptée par MTL, pour être de son goût, de son style, de sa famille. MTL m'avait sauvé la vie, cela valait bien un petit sacrifice. Tant pis si le temps d'un déjeuner je me sentais standardisée. Darling habillée en Darling dérangeait. Et puis, à peine serais-je rentrée chez moi, l'ensemble irait au cimetière, côté enfer plutôt que Paradis.

La tête haute, je répondis avec une familiarité feinte :

– Oui, c'est une robe d'Yves.

Marie-Thérèse continua de m'examiner. L'information ne lui suffisait pas.

Ses jumelles s'inclinèrent une nouvelle fois, et elle les appuya si fort contre ses paupières inférieures que j'eus l'impression que ses yeux allaient sortir de leurs orbites, et de la voix la plus posée, la plus concentrée, la plus sérieuse du monde, elle répéta :

– Mais, de la haute ou de la basse ?

Je ne comprenais toujours pas. J'avais envie de repartir, j'étais déçue ; j'avais remporté la première partie de cet étrange duel et voilà qu'une seconde question m'envoyait au tapis. Alors qu'un certain découragement m'envahissait, je décelai dans son regard bleu de l'ironie, mais aussi une connivence, comme pour me rappeler que tout cela n'était qu'un jeu, un jeu qui pouvait blesser, mais un divertissement tout de même, et qu'elle avait besoin d'une partenaire à sa hauteur. Je devais faire un effort.

– De la haute ou de la basse ?

Elle s'amusait. Bien sûr, le moment était mal venu pour me demander ce que je fichais là, grimée BCBG, ce que j'avais fait de moi, de mes excentricités, de mon goût pour les endroits sombres et bruyants. Il s'agissait de sortir de ce nouveau piège, et vite. Dans tous les cas de figure, le haut était mieux que le bas. De Gaulle conseillait à ses collaborateurs de rester sur les hauteurs, parce que « en haut » il y avait moins de monde, et mon agent immobilier disait qu'en étage c'était plus cher, ce qui revenait à dire à peu près la même chose.

Pour être mannequin, il valait mieux être grande. « De combien haute es-tu ? » demandent les Anglais pour s'enquérir de votre taille. Ici, on était en haut, forcément.

Je me souvins aussi du mystérieux escalier, sur la droite de la boutique, rue Cambon, que seules les clientes très riches empruntaient, mais aussi de la boutique Saint Laurent, avenue Marceau, qu'un jour j'avais visitée, comme d'autres vont au Louvre ou à Orsay. Rien en vitrine, et à l'intérieur, malgré le luxe ambiant, on vendait très peu de choses, quelques accessoires seulement. Pour les vêtements, il fallait prendre rendez-vous, visionner d'abord une cassette vidéo ou assister à un défilé organisé rien que pour vous.

C'était la Couture : la haute. Il n'y avait personne, juste quelques vendeuses qui avançaient à pas feutrés et me dévisageaient comme un objet non identifié. J'avais choisi une fleur en paillettes, une sorte d'amaryllis fuchsia à épingler dans mes cheveux, et une paire de boucles d'oreilles dont les pampilles en jais noir descendaient jusqu'aux épaules. Les prix n'étaient pas affichés. De toute façon, pour moi la somme astronomique de ces colifichets participait à leur beauté. La vendeuse introduisit, d'une main gantée, chacune de mes emplettes dans des housses en feutrine rose à l'extrémité desquelles coulissait un ruban en satin noir. Le tout fut disposé entre deux boîtes blanches bourrées de papier de soie sur le couvercle desquelles était inscrit : YSL, HAUTE COUTURE.

Je fus désolée de décevoir MTL : mon ensemble ne venait pas de l'avenue Marceau, mais de l'avenue Victor-Hugo, de la basse, oui, de ce prêt-à-porter qui rend les humains semblables, communs, soumis aux lois de l'élégance.

La haute n'était pas mon univers même si j'étais allée y fureter par curiosité. Chacune de mes tenues était unique parce que, à partir de la basse je m'autorisais un champ de re-création, une adaptation d'un modèle prêt à habiller mes rêves, mes ambitions, mes fantasmes en fonction de ce que je voulais dire ou de ce que je voulais taire. Trois bouts de ficelle, quelques rubans, un bibelot, un médaillon, une clochette, qu'importe, pouvaient m'aider à m'approprier une étoffe, un moment. Je n'avais pas besoin qu'Yves ou Tom pensent pour moi.

Silence.

MTL me dévisagea, attendrie et déçue. Je m'étais trahie pour lui plaire. Elle aurait été amusée par un de mes déguisements « home made », par une re-création « made in Darling ». Elle n'avait pas besoin d'être rassurée par cette pâle imitation de son style.

Je déplore ce besoin d'être aimée plus que remarquée, de me fondre le temps d'un déjeuner dans l'identité d'une société, d'une famille, besoin qui me rend trop fragile. Les robes caméléons sont mes society-victims.

« Moi, c'est une robe d'Ung,
Ung de la haute »

Avec une complicité acquise, elle me glissa à l'oreille :

— Moi, c'est une robe d'Ung, Ung de la haute.

Ung ? Qui pouvait bien être ce couturier dont, j'en étais sûre cette fois, j'entendais le nom pour la première fois. Un Chinois ? Ung résonnait comme Tong, comme Tsé, comme Chong. Ung résonnait cuisine vietnamienne, et il n'y avait pas de grand couturier vietnamien, que je sache. Japonais ? Ils portaient tous des noms de motos à grosse cylindrée, aussi longs que le nombre de chiffres qu'il fallait aligner sur les chèques. De plus, MTL n'était pas femme à aimer ces vêtements désordonnés, déstructurés, désunifiés.

— Je ne connais pas Ung, lui dis-je finalement, vaincue.

— Ung, c'est Ungaro. Je l'appelle toujours comme ça derrière son dos, pendant les essayages. Et aussi Matteotti, il adore ça. Pour la coupe et le choix des couleurs, je ne connais pas mieux qu'Emanuel !

Emanuel Ungaro, voilà qui était plus simplement dit. J'adorais Ungaro, je le considérais comme le plus poétique de tous les couturiers, le plus sensuel et, si j'avais eu les moyens, c'est chez lui que je me serais habillée, du soir au matin, sans me lasser, parce que son style est intemporel, qu'il est d'ici et d'ailleurs, d'aujourd'hui et d'autrefois, et qu'il habille de rêve autant que de réalité.

Je regardai les vêtements de MTL puisqu'elle m'y invitait et, en un clin d'œil, j'appréciai la différence entre la haute et la basse, entre Ung et les autres.

J'appréhendais la suite des événements, dans un milieu que je n'avais pas l'habitude de fréquenter, mais la vision de cet ensemble justifiait à lui seul mon déplacement : MTL portait un tailleur aux épaulettes invisibles. Seul un œil aussi attentif que le mien pouvait deviner le rembourrage plutôt destiné à redessiner une épaule décharnée qu'à suivre les caprices de la mode. Dans la haute, les couturiers devaient donc être aussi des plasticiens. Mais il n'y avait pas que le soin apporté à arrondir un corps amaigri qui était exceptionnel. Les couleurs de la blouse d'Ung ne ressemblaient à rien d'autre, je ne me souvenais même pas d'en avoir rencontré de semblables. Pour obtenir cet effet de transparence sans l'être pour autant, ces tons indéfinissables, il me semblait qu'Ung avait superposé de la mousseline vert d'eau à de la mousseline parme, et qu'ainsi il avait obtenu des couleurs proches de cette robe dans laquelle l'Ophélie de Millais repose, étendue dans la rivière. Jusqu'aux boutons de manchettes qui étaient des fleurs dont chaque pétale était taillé comme une pierre précieuse.

La jupe n'avait rien à voir avec tout ce que je viens de décrire. Encore une autre matière, une autre gamme de couleurs, brodées semblait-il sur un imprimé à petits carreaux. Le maître aux quatre noms s'amusait. Il racontait une histoire, je l'écoutais, passionnée.

À côté de MTL mon corps semblait recouvert, simplement. J'étais habillée sans folie, la couleur blanche de mon chemisier était plate comme un mur en chaux, les deux petits liens de ma jupe ne suffisaient pas à la réveiller. Il y a des vêtements drôles et brillants et des vêtements idiots. Tom Ford n'y était pour rien. Le gong du zen résonnait à tous les étages de Shanghai Town et de chez Zoran en ces temps de chômage et de régression économique. Il fallait aller chez Top Shop à Londres, ou chez Urban Outfit à Soho pour retrouver un peu de couleur, de forme et d'espoir, et ressentir un peu d'optimisme. J'avais choisi le chemin des pessimistes, le chemin de celles qui pensent que le monde ira de plus en plus mal, que le Nasdaq ne remontera pas et que l'effet de serre finira par tous nous étouffer, alors elles n'osent plus rien. Il ne leur reste plus qu'à assortir sac et chaussures pour se simplifier la vie et ne plus y penser, s'offrir un total look noir et beige, un Kelly, de peur de s'éloigner du rang et des repères.

Les souks, les médinas, les brocantes, les quincailleries, les drogueries, les puces, les Monoprix et les coquillages, les forêts avec leurs drôles de fleurs, leurs écorces d'arbre à broder, le Bon Marché et les diverses galeries d'art, tels que je les pratiquais, étaient d'une certaine façon ma haute. Il y a plus d'esprit à se vêtir au gré des voyages, au gré des marchés du Midi ou des échoppes de derrière les planches de Casablanca, plutôt qu'en empruntant à une basse embourgeoisée et embourgeoisante, une basse paresseuse et colleuse d'étiquettes pour jeune femme en mal d'identité. Encore faut-il oser être soi-même, oser affirmer sa différence en face de ceux qui semblent détenir la perfection et la vérité. J'aurais dû tenter une composition de mon cru.

Je regardai plus attentivement la blouse de MTL, il s'agissait d'une mousseline amande plutôt que vert d'eau, de brun doré plutôt que de parme, et de profondeur abyssale au lieu de la flaque dans laquelle Ophélie dormait. À vrai dire, plusieurs interprétations étaient possibles, comme devant certaines toiles de maîtres. Les musiques aussi peuvent être perçues différemment : les lieder de Mahler m'ont toujours rendue gaie, alors que je pleure en entendant les scherzos de Chopin.

Ce jour-là j'appris qu'il n'y avait pas que les vêtements d'Ung, mais aussi les bijoux de Jar, qu'il existait une joaillerie sur mesure, comme une couture sur mesure.

Dans les cheveux de MTL un envol de libellules dont les ailes étaient des diamants coupés comme des vitres ; sur sa poitrine et sur son sac à main en velours faussement fatigué et sûrement XVIIIe, une collection de pensées dont les feuilles étaient marquetées de minuscules pierres multicolores aux reflets indéfinissables, comme ceux de sa blouse. Oui, il y avait tout cela. Le duo entre Ung et MTL sonnait plutôt juste : elle habitait le vêtement du maître. Le résultat était tellement beau, tellement parfait, que j'en étais émue et transie. Je ne voulais pas regarder ses bagues pour ne pas revoir ses mains, pas tout de suite. Moi aussi, je voulais oublier que la maladie, la cruauté et la mort rôdent, toujours, même à Lamorlaye.

Le costume des hommes

Dans le salon d'à côté, la beauté nous reprit en main.

La beauté régnait.

J'eus l'impression d'entrer dans un dessin de Lami ; il y avait tant à voir, chez MTL. Des porte-torchères, des potiches Imari montées en lampes aux abat-jour plissés jaune-beige, des meubles de Boulle, d'autres estampillés Riesener ou Jacob, sur les murs des cuirs de Cordoue XVIIe, des miroirs vénitiens, une collection de Dufy représentant exclusivement des courses de chevaux. Ici, rien n'était normal, tout était exceptionnel par la taille des objets ou par la qualité des peintures.

Mais ce ne fut pas le décor qui me fascina le plus.

Près de la fenêtre qui donnait sur le parc, autour d'une table juponnée comme une danseuse étoile, quatre hommes nous attendaient, debout, un caniche blanc sous le bras gauche, derrière la chaise qui leur était attribuée.

Ils étaient habillés de la même manière, dans la même couleur gris perle de rivière, et portaient tous la même pochette blanche en voile de coton très fin, pliée non pas en pointe mais en rectangle. Pour sortir d'une toile de Magritte, il ne leur manquait que le chapeau melon. Les hommes que j'avais l'habitude de fréquenter auraient plutôt ajouté quelques plumes à l'arrondi du bibi.

Leurs vestes ne les différenciaient que de dos ; je m'aperçus, lorsque je contournai la table afin de gagner ma place, que l'une d'entre elles était fendue assez haut au milieu, tandis que les trois autres s'ouvraient très légèrement sur les côtés, ce qui donnait à la flanelle un air plus dynamique, le comble de la modernité pour ces hommes gris. Ils s'assirent et les quatre caniches permanentés, aux museaux aussi fins que la pointe de leurs chaussures, passèrent sur les genoux.

Le cinquième homme arriva quelques secondes après MTL et moi. Kevin Costner en personne. Il ne faisait pas partie du clan, et cela se voyait. Malgré son charme évident, ce fut plutôt son naturel, cette propension à être soi, dans ce milieu inhabituel, qui me parut le plus séduisant chez cet homme qu'on me présenta comme étant Dieu. Dieu n'avait pas de prénom, pas de nom de famille, et portait un T-shirt verdâtre sous une chemise kaki aux manches retroussées, un pantalon style baggy, froissé à l'entrejambe et couvert de poches inutiles. Des pompes pour marcher sur l'eau. Et je sentais que personne, pas même MTL, n'aurait pu lui faire nouer une cravate autour du cou. Cette tenue devait être un uniforme qu'il avait élu une fois pour toutes pour se simplifier la vie. « Casual Friday », tous les jours. Les hommes à uniforme manquent d'imagination, de fantaisie, je soupçonne chez eux une manie grossière de s'imposer. Porter toujours la même tenue, c'est plus prétentieux que d'en changer tout le temps, c'est avoir peur d'être confondu. Dieu devait être ennuyeux comme la pluie – bien que la pluie ne soit pas ennuyeuse : grâce à elle on a inventé les trench-coats et les capes à capuche comme celle de Blanche-Neige, dont je me pare même quand il fait beau. Dieu ne portait pas de bijoux, alors que les poignets des autres croulaient sous les boutons de manchettes, des cartes à jouer dont les cœurs et les carreaux étaient en rubis, les trèfles et les piques en jais. Des balles en or pour le papa-golfeur, des étriers pour le cavalier qui avait dû recevoir la panoplie, mors et éperons compris depuis son baptême, un carré d'as pour le bridgeur, et des perles baroques surmontées d'un diamant cabochon pour l'aîné, le plus élégant. Leurs montres en or ou en platine étaient plates comme du papier à cigarettes.

Évidemment, Dieu, avec sa montre de plongée Seiko et les boutons en nacre terne que l'on achète par plaques dans toutes les drogueries, dépareillait un peu.

Mais heureusement cela n'avait pas l'air de le préoccuper.

Il avait avalé son pain en quelques secondes. Le maître d'hôtel planqué derrière lui s'en aperçut et en glissa, à l'aide d'une pince en argent, un second sous la serviette en lin brodée posée sur la petite assiette de cristal. Dieu aime le pain. Normal.

Il avança vers le second quignon une main à porter un cartable en cuir à soufflets usé et à ne pas le lâcher souvent, croisa le regard réprobateur de MTL et se rétracta.

J'étais mal à l'aise dans mes fringues, j'avais mésestimé MTL ; elle était capable d'accueillir une hippie chic, une bobo version excentrique, une baba comme moi, sans s'en offusquer, au contraire. Je remerciai tout de même le ciel de ne pas avoir poussé mon désir de plaire et ma culpabilité d'être si délurée jusqu'à l'uniforme bourgeois siliconé, la laque Elnett et au fond de teint Baby Brown en couche épaisse, peinture de guerre caractéristique des abonnées au Relais, au Ritz et au Stresa. J'aime couvrir mon corps, pas mon visage. Ma tenue avait tout de même un avantage : je brouillais les pistes.

Dieu avale d'un trait le verre de lynch-bages 55 que l'on vient de lui servir. Normal. Dieu aime le pain et le vin.

Dieu me contemple par-dessus le verre. Anormal. Il voit une jeune femme habillée en Yves de la basse. Rien de tragique à signaler. Il va tomber dans le piège de l'apparence, il va me prendre pour une bourge pas bohème du tout. Les fringues, ça sert à ça : tout le monde se fait avoir, mis à part les génies ou les mal élevés qui lisent derrière ce qu'on leur donne à lire.

Peut-être que MTL le surnomme Dieu parce qu'il est un génie ?

Je le vois nu. Parfois j'imagine les gens sans leurs vêtements. Ces épaules-là sont musclées, couvertes d'une très légère épaisseur de chair moelleuse style parka doublée de plume d'oie. Son ventre est gondolé comme la fin d'une piste de ski sur laquelle on risque de s'étaler si l'on brûle les étapes. Sur sa poitrine les poils sont aussi bruns que ses cheveux – classique, pas besoin d'être voyante extralucide pour affirmer que les bruns ont toujours des poils bruns. L'affaire se complique avec les blonds, qui peuvent ne pas avoir de poils blonds. Disons qu'il y avait, assis en face de moi, un homme aux cheveux noirs. Un cas simple en matière de pilosité. Je le soupçonnais même de transpirer, d'être empressé et brutal pour les choses de l'amour. Je l'imaginais arrachant une robe, la froissant, la jetant à terre sans la plier, ou même décoiffant une femme en lui passant la main dans les cheveux : un indélicat.

Je n'ai pas regardé plus bas, au-dessous de sa ceinture, dont la boucle, Dieu merci, n'arborait aucune marque. Il suffit de découvrir un slip Hom plutôt qu'un caleçon Ralph Lauren pour éviter un homme à vie, fût-il beau comme Kevin Costner dans *Body*

Guard. Puis il y avait la table en bois précieux, le molleton et la nappe pour le protéger. Il y avait aussi les figurines XVIIIe en biscuit et les petits paniers en osier débordant de roses ouvertes comme des pivoines et de lierre qui s'étendait jusqu'à nos assiettes en vieux Paris.

Et derrière ce rempart de raffinement les quatre hommes en costume perle de rivière semblaient avoir été plantés là comme un décor ; je ne les ai pas vus nus : ils étaient inimaginables à poil ou en pyjama.

Dieu à côté d'eux paraissait très incarné, et malgré ma tenue qui me gommait de la carte des vivants, je posai une question :

– Vous vous appelez Dieu comme d'autres se prénomment Jésus ?

– C'est moi qui le surnomme Dieu, parce que si je suis encore en vie c'est grâce à lui, répondit MTL à sa place comme pour effacer cette information, pour m'interdire d'aller plus loin et pour éviter tout apitoiement, elle modifia jusqu'à sa voix qui soudain devint plus légère, plus hautaine. Puis tout en se passant une main dans les cheveux : Je suis nulle en présentations, j'ai tellement l'habitude que les gens se connaissent... Darling, je vous présente le professeur d'hématologie Jean-Gabriel Montenet. Jean-Gabriel, je vous présente Darling. Voilà ! Mes fils, vous les connaissez.

Je tremblais à l'idée de revoir ces gens, prisonnière de ce rôle BCBG, Neuilly-Passy-La Muette, chaque fois que l'on se rencontrerait. Quel choc pour Dieu s'il me découvrait en majorette, en femme grenouille, en reine de Saba, en Boris Godounov, selon la lubie du moment.

Je ne reverrais donc plus jamais Dieu.

MTL, elle, avait l'esprit assez large pour recevoir même une Martienne. Elle était différente des personnes de son milieu ; elle était libre. Quelque chose dans sa vie, un chagrin, un amour vrai, avait dû la désaliéner. Je l'aimais pour ça.

Après chaque plat présenté par le maître d'hôtel, un homme debout près de MTL se penchait et chuchotait au creux de son oreille quelques mots dont je ne compris la signification qu'au milieu du repas. L'homme en question était médecin diététicien : il annonçait à la comtesse le nombre de calories qu'elle ingurgitait, ainsi que ses invités puisque nous étions d'office mis au régime. Il y avait du pudding de légumes en entrée et des poussins individuels en plat principal. Pour le dessert, normalement le plus redouté, MTL ne put contenir sa joie :

— Zéro calorie !!! Cette glace divine est faite avec de l'eau et du faux sucre ! Et elle répétait, le visage illuminé : Zéro calorie, n'est-ce pas que c'est un génie ? Vous rendez-vous compte de l'importance de ma découverte ? dit-elle en s'attribuant celle de ce modeste diététicien. Grâce à lui, reconnut-elle, enfin on va pouvoir manger tout ce que l'on veut sans prendre un gramme !

Puis elle se livra à un autre de ses jeux, et commença

par le professeur à qui elle demanda le plus naturellement du monde :

— Vous mesurez combien pour quel poids ?

Il me regarda, un peu désarçonné, tandis que je riais en pensant que c'était à présent son tour de subir ses « personal remarks » qu'elle décriait chez les autres et qui l'amusaient tant chez elle. Il répondit :

— Un mètre quatre-vingts pour soixante-dix kilos.

— Vous avez un peu grossi, mais vous aviez de la marge, c'est encore parfait, c'est même extraordinaire, dit-elle en avançant le doigt.

Décidée à se servir du professeur pour donner une leçon à son fils le plus bouffi, elle énonça en le fixant :

— Dix kilos de moins que sa taille, c'est l'idéal. Et vous, quel poids pour quelle taille ?

Je regardai Dieu, embarrassée... On ne se connaissait pas et MTL m'obligeait à me dénuder, moi qui passais ma vie à me dissimuler derrière des kilomètres de tissu !

Confuse et contrainte, j'annonçai une cinquantaine de kilos pour un mètre soixante-quatorze, regrettant notre première conversation où elle ne s'intéressait qu'à Ung et à Yves.

— Incroyable ! dit-elle. Je ne savais pas que ça pouvait exister, vingt-quatre kilos de moins que sa taille ! Roulée comme vous êtes, je ne comprends pas que vous ne mettiez pas votre corps plus en valeur ! C'est Alaïa ou Léger qu'il vous faudrait ! Moi qui ce matin avais l'air d'avoir onze ans et demi, je me sens beaucoup plus vieille maintenant, à cause de vous !

Les snobs sont des êtres humains comme les autres, une sous-culture, une espèce en voie de disparition. Comme les Esquimaux ou les Indiens. Il faut les protéger pour cela. La vie des minorités n'est pas toujours si facile, il faut parler une langue en désuétude, faire du *kick boxing* le matin, se trouver tous les jours un déjeuner « grisant », un essayage chez Ung ou chez John, prendre le thé avec Karl, revenir en courant pour un massage thaï, recevoir Romain à dom pour une coupe de cheveux. Et puis il ne suffit pas de truffer ses phrases d'expressions anglaises. MTL, chef de file, complique tout. Elle ajoute de l'italien et de l'espagnol. Je l'ai entendue dire tandis qu'on lui apportait un « telefonino » sur un plateau d'argent ciselé : « *Ciao amore*, oui, en plein déj, oui, dans la tourmente, après j'ai un mas (traduction : massage), parce que trop fat (traduction : fatiguée) pour autre chose. *Bye bye, I call you back, baci, baci...* »

Certains apprennent le swahili, le breton ou le grec. MTL parlait le snob, la langue des « happy few », cette langue dont chaque mot se ponctue d'un revers de bague. Il me fallait la bague de Jar pour apprendre à parler ; d'ailleurs, la dernière phalange de mon petit doigt commençait de fourmiller comme pour m'indiquer que cela lui manquait.

Quand les vêtements grattent,
c'est que les masques et la magie tombent

Je souriais à Dieu derrière les figurines en biscuit, derrière Voltaire, Diderot, Pascal, Molière pour me protéger ; il me rendit aussitôt un sourire. Mais d'un genre différent du mien. Le mien était esquissé, le sien était total, ouvert et avenant. Un sourire contre un sourire. Nous étions quittes, Dieu et moi. Nous nous étions rencontrés dans cet univers ungarotisé, bijouté, cravaté, laqué, verniaonglisé, poli, policé, corrigé, aseptisé, champagnisé, golfisé, bridgisé, zéro pour cent calorisé, divinisé... Oui, nous nous étions rencontrés dans ce monde plein de retenue où les corps, à part le sien, étaient étouffés, grimés, enrubannés, torturés, peinturlurés, masqués, momifiés.

Dieu, dans le rôle complexe et contradictoire du professeur qui assume les exubérances de ses patients, moi déguisée en bourgeoise, moi, très loin de moi, j'espérais qu'il ne s'en apercevrait pas, après avoir imaginé qu'un jour quelqu'un s'en apercevrait pour me délivrer. À vrai dire, à cet instant-là, je priais pour ne

117

pas être découverte. Pas encore. J'aurais eu honte, la honte d'un resquilleur de la SNCF qui se fait prendre sans billet.

Mais est-ce qu'un homme normal peut être séduit par une femme mal à l'aise dans un milieu qui n'est pas le sien ? Qui porte une robe qu'elle n'aime pas pour être aimée des autres, qui triche de deux kilos, qui rit à mauvais escient, qui dit des choses qu'elle ne pense pas et s'extasie sur une fausse glace en faux sucre ?

Pourquoi donc me posais-je toutes ces questions ?

J'étais habillée pour plaire à MTL. À son clan, par ricochet. Pas pour Dieu. D'ailleurs, je ne sais pas comment je me serais habillée si j'avais su qu'il serait là. Et puis il est impossible et allergogène de se vêtir pour deux personnes si différentes. Essayer ce genre d'acrobatie, c'est risquer de finir la journée égarée, en lambeaux, comme la robe de Cendrillon.

Alors que nous étions encore à table, la peau commença de me gratter comme si je portais une robe longue en laine pas vierge sans doublure, ou un uniforme de chez Chanel. Je sentais mon sang battre contre toutes les parois de mon corps, j'étais essoufflée. Je voulais plaire aussi à Dieu.

Entre deux gorgées de lynch-bages 55, qui par chance n'était pas passé entre les mains du diététicien, je me fis le serment de ne plus jamais m'éloigner de moi à ce point, de fuir les snobs si je ne pouvais pas leur résister, de ne plus m'égarer dans des contrées trop lointaines qui m'obligeaient à m'abandonner pour rejoindre les autres. Là où ils étaient, je ne pouvais pas être puisque je n'étais pas assez sûre de moi pour me transporter avec mes goûts, mes névroses, mon passé, même si j'étais prête à les trahir pour leur plaire.

À la fin du déjeuner, j'étais éparpillée. Et Dieu me compliquait la tâche.

Il était temps de partir. Quand les vêtements grattent, c'est que les masques et la magie tombent. Alors vient le temps où les costumes les plus gris perle du monde, les robes de la haute, la plus haute du monde, les tenues de grand baroudeur se transforment en cache-misère, en dérisoires paravents, en sordides boucliers, nauséabondes carapaces pour tromper la vie qui fout le camp, le sang qui tourne comme du lait dans un bol, la mort qui arrive à tous les coins de rue, le temps qui se déroule de plus en plus vite, comme un manège emballé.

Un maître d'hôtel me tendit ma cape de cachemire fendue comme un poncho, pratique, les bras sont libres. Et je m'enroulai dedans pour me cacher, je m'enveloppai pour m'éloigner, pour en finir avec cette journée. Il était trop tard. Il y avait trop de monde et de chemins possibles, je ne savais plus où et comment aller.

Après m'avoir embrassée, MTL m'adressa un signe des deux mains. Comme le font les enfants. Je ne voulais pas voir ses doigts endoloris, je ne regardais que l'incroyable paire de bagues qui ornaient ses auriculaires : deux perles, une blanche et une grise, grosses comme des billes de petits garçons, soutenues par deux montures identiques, aux anneaux pleins et arrondis, des cerceaux, pavés de minuscules diamants. Les bagues remplissaient bien leur fonction et, moi aussi, un instant, j'avais oublié l'atroce maladie.

– *Bye*, disait-elle, et ses longs ongles rouge Ferrari dont la lunule blanche était très distinctement marquée amplifiaient le mouvement de ses doigts. J'avais envie de pleurer à cause du vernis trop brillant, des bagues, des bracelets-manchettes qui avaient cédé face à la tragédie. Mais je me forçai à rire tandis qu'elle envoyait des baisers en disant : « *Baci, baci...* », et que Dieu, plié en deux, me baisait les mains.

Si Dieu m'avait détestée ce soir-là, dans la vie on avait peut-être une chance.

La veste du chauffeur

À peine étais-je installée à l'arrière de la limousine de MTL, que la sonnerie de mon portable retentit : MTL aimait continuer les déjeuners comme les dîners par téléphone.

Elle parlait de Dieu. Dieu avait été séduit par moi, m'affirma-t-elle.

Je pris l'air étonné de circonstance, bien sûr ; je n'avais rien remarqué. S'il ne tenait pas l'écouteur, il serait son deuxième coup de fil.

Mais MTL ne m'appelait pas pour jouer les entremetteuses. Quelque chose de bien plus important la taraudait. Son âge, son argent, son statut social lui permettaient de sauter les étapes.

– Darling, parlons de choses sérieuses, dites-moi la vérité, aimez-vous vraiment ce que je portais ?

Je ne fus pas surprise par sa question.

– Je n'ai rien vu de plus beau au monde.

– Mais...

– Pourquoi, mais ?

121

– Parce que je sais qu'il y a un mais.

– C'est vrai.

Et, libérée par la parole comme je ne l'avais pas été par le vêtement, je lui dis :

– Il manquait la faute de goût. Tout était trop parfait.

– Les carreaux avec les fleurs, c'est bien une faute de goût !

– Ce n'était pas la vôtre.

– Ah ?

– C'était le coup de génie du couturier. Pas le vôtre. Il n'y avait rien qui soit venu de vous dans ces assemblages, aucune inventivité, aucune créativité, rien de cette spontanéité que seul l'esprit de celui qui porte le vêtement peut apporter. Depuis 68, les parents ont cessé de dicter leur loi aux enfants, les riches aux pauvres, le haut au bas... C'est la rue, les sorties d'école, le tiers-monde, le moi profond qui influencent la mode.

Voilà que je me mettais à parler comme la baba qui sommeillait en moi.

– Darling, peut-être aurais-je dû ajouter un papillon ou je ne sais quoi, mais tout de même pas un sac à dos, un turban ou des babouches !

– Justement ! Vous auriez été superbe.

– Vous croyez ?

– J'en suis sûre.

– Darling, puisqu'on se parle franchement, moi aussi j'ai été déçue. Je connais votre réputation vestimentaire, elle passe même les frontières, me dit-on depuis que vous avez quitté la maison Chanel. Alors dites-moi pourquoi vous êtes venue à Lamorlaye habillée en... en...

– En bourgeoise ?

– Oui.

– J'ai voulu vous plaire.

– Vous m'insultez !

– J'ai préféré ne pas prendre de risques, et maintenant ma robe me démange, je suis en train de rougir et de gonfler. Cela me rappelle mon malaise chez Chanel.

– Vous mériteriez de gonfler comme un crapaud. Croyez-vous que j'aie l'esprit aussi étroit qu'un chas d'aiguille à coudre ?

– J'ai voulu me soumettre au bon ton, au bon goût, à la politesse mondaine, et en fait, jamais je n'ai été aussi déguisée – et dans le mauvais sens – de ma vie.

– Je l'ai bien senti.

– Ma mode à moi vient des autres, de mes peines et de mes joies, des romans et des livres d'histoire que j'ai lus jadis. Ma mode, elle raconte ce que je ne sais pas dire. En attendant, mon cou et mon ventre me grattent. Croyez-vous que je puisse me déshabiller dans votre voiture ? Je dois emprunter la veste de votre chauffeur ou je vais m'évanouir.

La veste, trop large pour moi, recouvrait à peine ma culotte, j'avais l'air de Prince, ou Michael Jackson, rien que pour cela le déjeuner valait la peine.

La tenue pour chez soi.
La tenue pour se retrouver

C'est formidable, après avoir été ligotée toute une soirée, emprisonnée dans un rôle, dans une voiture, comme je me sens libre en rentrant chez moi.

Il aurait été normal, au retour de Lamorlaye, de me trouver à l'étroit dans mon appartement de trois pièces, aux murs sillonnés de tringles bourrées de fringues. Le contraire se produisit et, en y repensant aujourd'hui, je ressens encore cette sensation de liberté et la tentation d'en abuser.

J'appliquai une crème en couche très épaisse sur mon visage, l'allongeai jusque dans les cheveux, me déshabillai et enfilai un débardeur sur le devant duquel était inscrite une bêtise du type ATTENTION JE MORDS puis j'entamai une série d'abdominaux sans short et sans culotte.

Les snobs, je les préférais chez Chanel, derrière mon comptoir de bijoux fantaisie qui imposait la distance salutaire. Être promené dans leur parc pouvait être drôle, mais dangereux pour un caméléon.

Un long moment de solitude et de réflexion devait succéder à ce plongeon dans un autre monde. De quoi souffrait MTL et comment Dieu lui avait-il sauvé la vie ? Était-elle malade au point de mourir ? Si Dieu était professeur d'hématologie, cela voulait-il dire que MTL avait du sang mauvais, que son sang avait viré ?

J'écoutai une fois encore une compil, une succession de succès faciles qui vous emmènent ailleurs comme une robe de la haute de chez Ung, un C.D. que l'inconnu numéro 2 avait gravé pour moi dans l'espoir inutile de me revoir.

Le lynch-bages, les tableaux, la haute, toutes ces célébrités qui avaient leurs habitudes au château et la maladie me hantaient. Malgré Lisa Ekdahl, Nathalie Cole, des voix à aimer le premier inconnu qui passe, quelque chose clochait là-bas, comme dans *Love Story* : la maladie sur l'amour, la maladie sur l'argent, ça fait tache. Une princesse qui pleure, ce n'est pas normal. Même si ça frise le best-seller.

La maladie n'allait pas à MTL. Ses allées et venues chez Chanel, nos conversations sur Yves, Ung, la haute et la basse étaient une manière de la mépriser. Je n'avais pas envie de parler de choses tristes. Elle non plus, je suppose. Fixer mon esprit sur la longueur d'un ourlet, sur le revers d'une manche ou sur les ongles de MTL était une façon de contourner l'inéluctable. Il était donc sage de lui signaler que la lunule est démodée, qu'à part elle, personne ne s'aventure dans cette voie. La tendance aujourd'hui, c'est la French manucure.

La French consiste à peindre en blanc la partie de l'ongle qui dépasse. On a sauté d'une extrémité à l'autre. Pour suivre la mode, il faut avoir l'échine souple et l'esprit ouvert, s'abandonner tout le temps, préférer l'image qui bouge à celle qui reste. Impossible de se fixer, se garder. Il faut accepter le mouvement rapide des lignes, l'évolution des formes, accepter qu'une partie de soi foute le camp à chaque saison. Que la haute, c'était très bien, mais qu'il faut aussi fouiller dans les paniers du Monoprix de la rue La Boétie, essayer les modèles de la basse méprisés par les directrices de boutique. Ce sont les meilleurs. La mode, la vraie, elle se trouve dans les numéros annulés, dans ce qui défile mais qu'on ne trouve nulle part, la tendance, elle se trouve chez Anthropology à Soho, chez Top Shop à Oxford Street, chez Voyage à Fulham Road, boulevard Saint-Michel, à Beaubourg, dans l'atelier de Nine Barral-Vergez, la magicienne des costumes de cinéma et, si j'osais, je dirais dans mon placard boulevard Beaumarchais.

Les snobs ne détiennent pas la vérité en matière de fashion. MTL n'est pas très tendance, même si la lunule, à force d'être kitsch, ressemblait à une astuce rétro, un second degré qui aurait échappé à mon sens critique ; ce déjeuner m'avait perturbée, j'avais cru que MTL avait atteint une sorte de perfection dans sa façon bien à elle de se vêtir, qu'elle était parvenue à éviter tous les pièges classiques de la haute : choisir (étant donné le prix) le vêtement passe-partout qui aurait signé son permis de momification, ce classique qui, raccourci ou rallongé, peut survivre à trois générations de femmes. MTL était à l'abri de ces calculs, MTL se lassait de la haute comme de la basse et ne remettait jamais les vêtements d'une saison sur l'autre. Il ne lui manquait que le dérapage, la faute de goût, la sienne.

Si quelque chose est rassurant, c'est de se dire que l'originalité vous distingue autant qu'une fortune dépensée à la Haute.

Les fringues volent au secours de tous les timides, de tous les abîmés, des handicapés de la planète. Les fringues prolongent, ressuscitent et modifient. Grâce à elles, je peux avoir plein de vies, comme les Pokémon. Dans mon antre, j'embrasse tous les destins. Pour aller à Lamorlaye, il suffisait de passer un ensemble d'Yves à six cent quarante euros, une paire de souliers à deux cents, une ceinture à trois cents, des BO d'une valeur de mille huit cent trente de l'époque romantique, échangées contre ma bague de fiançailles (un Must de Cartier) chez Lydia Courteille ; j'ai pu ainsi connaître un instant les sensations de MTL. Ces voyages dans des mondes différents ne sont possibles qu'à condition de s'abandonner ; il faut se trahir, faire pénétrer en soi les goûts, les manies, les gestes et parfois même l'état d'esprit d'un autre. Il ne faut pas s'aimer, il ne faut pas s'habiter.

J'avais joué à devenir un bout de tissu, une apparence, une autre. Alors, après ce déjeuner, je me suis lancée dans quelques mouvements de gymnastique pour sentir mon corps à nouveau et le réintégrer. Chaque fois que je m'éloigne de moi trop longtemps, la douleur, comme un port d'attache, m'aide à me retrouver. En amour aussi, il arrive que la douleur soude plus durablement que le bonheur.

Je pensais à Dieu, sans savoir quelle partie de moi, absente ou présente, réelle ou imaginaire, saine ou malsaine, il avait touchée ; cet homme rencontré dans un lieu hors du temps, hors de ma vie habituelle, continuait un bout de chemin dans mon esprit. Il y a des êtres comme ça, qui ne vous quittent plus, sans que l'on sache pourquoi. Quand MTL poussait trop loin les limites du ridicule, nous riions ensemble, pour de vrai, et le rire éclipsait les artifices.

J'entamai donc une série d'abdominaux des plus classiques exécutés sans culotte au son de *My baby don't care for me*, et si je me souviens bien, la raison en était *Because she just cares for clothes*, une chanson qui, si je puis dire, m'allait comme un gant. La courbature recherchée mit du temps à venir ; il fallut entamer les mouvements latéraux pour ressentir, là, coincé en haut du fessier gauche, un début de paralysie salvatrice. Mon regard croisa le miroir devant lequel je m'étais installée et mon audace m'affola. J'interrompis mes mouvements pour enfiler un jogging marine de chez Gap Homme, deux fois trop large pour moi, marqué d'une large rayure sur le côté, tendance Adidas avant le mariage avec Yamamoto. Dès que je me sentais prisonnière, j'enlevais ma culotte. Une façon comme une autre de me libérer.

La coquetterie n'est pas, comme certains le croient, une histoire d'amour avec soi, mais une histoire de désamour. Oui, je préfère l'artifice à la nature, oui, je préfère me dissimuler que tenter de me trouver. La psychanalyse, le « connais-toi toi-même » de Socrate m'ont toujours semblé une obscénité.

Mon mari a appelé.

Il me reste encore vingt mois de pension, sauf si j'accepte de le réépouser après une psychanalyse.

Impensable.

Je préfère les fringues à l'amour d'un homme et je n'ai pas envie de guérir.

Dans vingt mois, je n'aurai plus de pension, et pourtant je suis incapable d'« économiser », je n'aime pas ce mot, qui se prononce lèvres et dents serrées, et encore moins garder l'argent, je préfère le transformer en tissu.

Je n'é-co-no-mi-se rien. Et surtout pas moi.

La robe pour me faire remarquer

Les chats m'agacent. On est chat ou chien et je suis chien. Depuis des années, lorsque je croise un félin à collier je lui pique sa clochette et je la range dans une boîte à couture Napoléon III. J'adore ce petit tintement ridicule qui ferait rire les vaches de Normandie, cette petite musique indigne des vendeurs d'eau dans les souks de Marrakech.

Après Lamorlaye où j'avais commis une grave erreur, porter un ensemble pour me faire remarquer, un ensemble qui parle même à ceux qui ne veulent pas écouter, devint un besoin vital. Alors, j'ai attrapé dans mon placard un pantalon banal et un boléro blanc à peine surpiqué, fendu sur le côté, et j'ai cousu toutes les clochettes de ma collection en deux rangs sur les rebords de ma veste. Ce fantasme-là, même dans les boutiques de farces et attrapes, je ne le trouve pas. Habituellement je préfère quand la mode oriente mes rêveries, quand des plaques de nacre et des coquillages sont déjà brodés sur les revers d'un gilet de chez

Ungaro. Cette fois la mode n'était pas au rendez-vous. Il m'arrive de courir plus vite qu'elle et de la devancer.

Sur le trottoir gris de la rue du Faubourg-Saint-Honoré, je sens bien que l'effet que je produis est extraordinaire, que grâce à ce costume fait de son et de lumière, de clochettes cuivrées, je suis une fête ambulante, je ressemble au marchand d'eau du souk de Dar el-Beida.

Je sonne la récréation, les réveillons de Noël et les Pâques à la fois. Dans la rue, tous les regards convergent sur moi, je les attrape ; ils me réchauffent et me rassurent. Personne ne peut faire abstraction de moi ; il y a dans cet ensemble un côté chèvre de monsieur Seguin, un côté toréador, fashion victim, vêtement de récup détourné de sa fonction première, jean clouté façon Zabu d'Africa Bambaata. Tant pis et tant mieux. L'important est de paraître, pas d'être. Être ne m'intéresse pas. Il n'y a rien de bien à l'intérieur de soi. Il suffit de s'être tailladé le doigt une fois ou d'avoir ouvert le Larousse médical à n'importe quelle page pour le savoir. Le corps humain grouille de viscères, de boyaux, de duodénum, d'œsophage, de trompes de Fallope, de canaux éjaculateurs, de col utérin, de cul-de-sac de Douglas, de veines, de muscles, de jugulaires, de cave rénale gonadique, d'artère fémorale bleu électrique. Des organes gros et flasques. Toute une tuyauterie visqueuse, abjecte et bizarrement nommée. La couleur dominante est le rouge : le sang, la corrida, la mise à mort finalement. Lorsque le blanc apparaît, il est crémeux, jaunâtre, sale. Il faut gratter les muscles pour trouver les os, des bâtons dans lesquels on ne se taillerait même pas une canne tant ils sont secs, rêches, poreux. Rien à voir avec l'ivoire des éléphants, le phallus des oosiks ou la corne du rhinocéros. Et tout ce bazar se calcifie, se nécrose, se désarticule, se déforme, s'infecte, s'atrophie. La peau, elle, se tache, se déshydrate, se ride ; elle commence par le bouton de rubéole et de rougeole, continue avec l'acné, les verrues et finit avec l'eczéma lichénifié, les kérato-acanthomes, et les cancers. Mille cent dix pages, au choix.

La peau est couverte de poils, percée de pores, d'orifices, elle sue, elle pue, elle rougit, se dessèche et se creuse. Rien. Pas la moindre pâquerette à l'horizon, pas le moindre arbuste, le moindre buisson au détour d'un coude ou d'un genou.

Le livre des étoffes joue sur un autre registre, des pages et des pages de soieries peintes, pochées, brodées pour séduire et rêver, pour jouer à hypnotiser n'importe quel homme. Il suffit d'un châle léger, bordé de plumes d'oie ou de cygne, pour que l'homme cligne de l'œil et se rende, ravi, oublieux de la pauvre enveloppe charnelle, de ses rougeurs, de ses boutons et de ses sillons présents ou à venir. Rien de mieux pour avoir l'étoffe d'un héros qu'une paire de gants en dentelle ouvragée, des bas de soie opaque mais irisée, une cape Louis XIV rebrodée d'or et de pierreries. Plus personne n'est vieux ni laid. Les textiles s'adoucissent, s'embellissent avec les ans, aucun chirurgien esthétique ne peut rivaliser avec le travail du temps sur la matière. Personne, même les grunges, même les punks, ne voudrait de la peau d'un vieillard pour se faire un blouson ou des godasses, alors qu'ils se damneraient pour des santiags et un perfecto 60 ou un velours XVIIIe.

Le tissu, qu'il soit rayé, à pois ou à fleurs, reste ma volonté. J'ai choisi cette enveloppe-là, ce tissu pour un fil plus épais, un fil doré qui court et serpente le long du tissage, je l'ai choisi pour les pivoines rose pâle dont il est parsemé comme un jardin l'été, pour une lune de nuit étoilée, un carré de toile cubiste.

Dieu a-t-il une étoile dessinée sur sa cage thoracique ?

Moi, j'ai plein de nuages et de papillons dans la tête, qui ne se voient pas.

La peau retient le cerveau et son alchimie émotionnelle, forcément névrotique, ce moteur hémisphérique, spongieux, immangeable même en beignets.

Qui a envie d'être enfermé dans une voûte osseuse, noyé dans le liquide céphalo-rachidien, baigné dans les peines, les luttes, les peurs, les angoisses, toutes ces émotions incontrôlables qui hantent les esprits ? Pourquoi se complaire à pleurer, à souffrir, à vouloir, à désirer ?

Le cerveau, je l'aime en coupe transversale, j'aime les tumeurs en violet, les émotions amoureuses en rose indien retranscrites sur l'électroencéphalogramme. Le génome, je l'aime coloré en bleu et vert comme une porcelaine des Ming ou des Tsing. Je l'aime en évidence par un marquage lisible sur des bandes.

J'aime les clichés d'un corps radiographié, scanné, tomoscintigraphié en coupe. Alors, il se met à ressembler à l'océan tout entier, à une gouache de Toledo, à un diptyque de Jenkins.

J'aimerais porter une coupe verticale de l'abdomen ou une reconstitution informatique d'un cerveau en trois dimensions à partir de clichés obtenus par résonance magnétique brodée sur un pull en fil de Missoni. La chair enfin transformée, dessinée, imprimée, sublimée, recouvrant et anoblissant la chair humaine sur le chemin de la décomposition.

Tandis que je traverse la rue Cambon, les gens se retournent, incrédules en ne voyant passer qu'une femme alors qu'ils s'attendaient à admirer un attelage entier de poneys en partance vers le jardin du Luxembourg. J'agite mes mains et mes clochettes tintent ; il fait beau et mes clochettes sonnent, sonnent, sonnent.

Mes pas, ma toux, mon essoufflement, les sons pathétiques, les signes de fatigue sont couverts par les grelots, lorsque devant chez Chanel je croise MTL, les bras chargés de paquets, qui, trop intriguée pour me dire bonjour, me demande :

– Darling chérie, vous n'en faites pas un peu trop ?

Le philosophe sur le palier.
Deuxième essai en jogging, sans sac-poubelle

Le jogging, après tout, est peut-être la tenue idéale pour capturer un penseur. La tenue qui libère le corps pour affronter un prisonnier de l'esprit.

Le matin, à peine levé, il va penser au-dehors et rentre le soir pour méditer à la maison, devant une feuille blanche ou un ordinateur ; au mois d'août, il pense à la campagne, et toute cette gymnastique de l'esprit ne lui sert même pas à louvoyer habilement entre les peines et les joies de la vie, écarter les premières, garder les secondes. Une femme un jour en travers de son chemin se refuse, et voilà cet athlète de la tête, cet haltérophile du cerveau bloqué comme un gamin de quinze ans qui essuie ses premières larmes, oubliant que Proust, Flaubert, Stendhal, Zweig, Buzzati, les grands enchanteurs, les grands consolateurs, ont pleuré avant lui. L'inconnu numéro 10, qui connaît les pionniers des chagrins d'amour, peut-il réfléchir sur le masochisme de *La Princesse de Clèves*, de *La Religieuse portugaise*, y diluer un peu de Kant,

135

Socrate, Freud, Kierkegaard et en prendre de la graine ? Rien du tout, il était comme un jeune puceau le jour où je l'avais aidé à ouvrir la porte de chez lui.

– Tes livres n'apprennent pas à soigner ces maux-là ? lui avais-je dit.

Il m'avait regardée, abasourdi, et plus encore quand j'avais ajouté :

– Finalement, je fais bien de ne m'occuper que de fringues. Tu vois, tes heures de lecture ne servent à rien, elles ne viennent même pas à ton secours au moment où tu en as le plus besoin. Viens avec moi chez Yohji Yamamoto, laisse tomber ton écharpe rouge, on pourrait croire que tu veux te présenter à l'Académie française. Je vais t'offrir un costard noir déstructuré, tu ressembleras enfin à un philosophe : l'air de rien, ils travaillent tous leur look. Réfléchis à ton look toi aussi, tu verras, une nouvelle silhouette peut bouleverser la vie mieux que Hegel. Puis, grâce au costard, ta fiancée va peut-être revenir, et tu n'en voudras plus !

Quatre mois après cette conversation, qui avait laissé le philosophe pantois sur son palier, j'avais remarqué qu'il ne s'en sortait pas. *Le Monde*, qu'il ne manquait jamais de lire, le précipitait vers des abîmes.

Je mesurais sa dépression à la longueur de son écharpe. Ces derniers temps il se tenait tellement voûté qu'elle balayait ses genoux. Les cache-nez sont aussi des baromètres. Alors j'étais sortie de mon placard, j'avais noué sa serpillière en laine rouge autour de son cou et je l'avais emmené en bas pour le faire parler, pour le libérer de ce qui lui faisait mal devant un jus de carottes frais.

Je me sentais le devoir de l'aider parce que je sais qu'il existe sur terre des êtres étranges qui aiment d'autant plus qu'on ne les aime pas et qui fabriquent des chagrins d'amour : ce mal qui plonge au plus douloureux de soi-même, au moment où l'on aimerait s'en éloigner. Je me souviens d'un homme qu'avaient rendu inefficace mes culottes en coton blanc Petit Bateau, un homme qu'aucun porte-jarretelles au monde n'aurait pu détourner de son Apple Word. J'ai compris à ce moment-là comment un refus peut déclencher un amour. Comprendre ne sert à rien. Mon rayon lingerie et moi-même avons subi, incrédules, cette déchirure. J'étais en pièces, un vrai patchwork.

Dans mon jogging, j'étais assise, recroquevillée contre la porte du philosophe, les fesses meurtries par les poils durs de son tapis-brosse, quand soudain j'ai aperçu son visage et son trousseau de clés qui se balançaient au-dessus de ma tête.

— Tu ne vas pas bien ?

— Je voulais te parler de ton chagrin d'amour...

Il m'a regardée, étonné. Comme je ne me suis pas

relevée et que je l'empêchais de passer, il m'a proposé d'entrer.

Nous nous sommes assis autour d'une table ronde qui devait servir de table de travail et de salle à manger à en juger par la corbeille pleine de bananes trop mûres, les miettes de pain et les feuilles dactylographiées qui traînaient sur une nappe ringarde. Elle ne pouvait avoir été achetée que par sa mère.

– Tu prends du vin rouge ?

– Oui. J'aime le vin rouge, mais je suis venue pour te dire que le chagrin d'amour, ça ne se dorlote pas, même s'il ne demande que ça, le chagrin... Ça ne se ressasse pas, ça ne se cuisine pas, ça ne se mijote pas le soir dans ta caverne, ça ne s'allonge pas avec des mots comme une sauce grumeleuse, ça ne s'entretient pas avec tes pensées encore pleines d'« elle ». Ça se fuit ! Pars, il n'y a pas d'autre solution !

» Quand une femme t'attrape le cœur, il faut partir là où sa main ne peut plus l'atteindre ; partir là où les murs, les gens, les restaurants, les canapés, les lits, les bouteilles de bordeaux, les spaghettis, les mots, les parfums ne te parlent plus d'elle ; partir là où la langue, les couleurs et les heures, les rites et les rythmes ne sont plus les mêmes ; partir loin, sur la lune si c'est possible, pour que, privé de tes repères, de ton écrin, l'extérieur t'imprègne et que tu finisses par changer. Il ne faut pas lire les livres que tu lisais quand vous vous aimiez, ni même les journaux, chacune de tes habitudes te ramène à elle !

– En Laponie, le ciel est le même qu'à Paris, il est plus ou moins bleu, mais c'est toujours le ciel.

– Ne lève plus la tête, les amoureux ne devraient jamais regarder en haut. Je te dis tout ça parce que j'ai reconnu ta douleur, elle est logée dans tes épaules voûtées, dans ton nez baissé, dans ton pas traînant. Elle est là, cette garce, vrillée à ton corps de penseur qui ne peut pas penser assez fort pour la rejeter, à ton corps de malade accro à son chagrin, parce que, après tout, cette femme, quand elle fait mal, c'est qu'elle est encore un peu là. La route du chagrin d'amour, je la connais, je l'ai parcourue moi aussi, je peux te l'expliquer : c'est toujours le même chemin, on se croit unique et on est d'une banalité effrayante. Tout le monde a connu les mêmes émois, les mêmes frustrations, les mêmes révoltes : Courbet, Wilde, Claude François, les Beatles, les quatre, le marchand de légumes. Les mêmes ! D'ailleurs le chagrin ne sert à rien qu'à faire fuir les autres, peut-être à écrire.

– C'est déjà pas mal.

– Foutaise ! Un jour, les cicatrices se transforment en souvenirs et la douleur en expérience. Le pire, dans ces histoires, c'est que ni l'expérience – je pense à moi – ni la compréhension – je pense à toi – n'empêchent la brûlure et le recommencement. Alors peut-être la conjugaison des deux ?

– Tu replonges ?

– Peut-être... Je suis allée déjeuner chez les snobs, à Lamorlaye, et là j'ai rencontré un professeur de médecine, surnommé Dieu, qui sera capable de me faire souffrir, je le sens, c'est intrigant cette attirance pour une souffrance possible. Je suis bizarre depuis que je l'ai rencontré, regarde comment je suis sapée, plutôt mauvais signe chez moi.

— En effet, je ne t'ai jamais vue comme ça, tu portes une sorte de... de jogging ?

— Pas une sorte : je porte un jogging, un vrai.

— C'est décontracté !

— Bravo ! Tu n'es pas si mauvais, tu pourrais presque travailler au *Figaro Madame*.

— Tu te fiches de moi ?

— Non, je suis venue pour te faire gagner du temps, t'expliquer le raccourci, parce que aucun de tes livres ne le donne, n'est-ce pas ? Pour t'éviter d'en prendre pour trois ans — c'est le contrat, en général.

— Trois ans !

— Oui, trois ans ! Cela fait déjà un moment que je te vois traîner la patte et l'écharpe. Tout a commencé le 24 décembre dernier, date à laquelle vous avez dû vous séparer. À partir de ce jour-là, j'ai vu ton allure se dégrader, un soir que tu rentrais de je ne sais quel voyage dans ta tête et que nous sommes montés ensemble dans l'ascenseur, tu as même lâché la porte sur moi, je l'ai prise en plein visage, tu ne t'en es même pas aperçu tant tu étais absorbé. Il y a quelques jours, je t'attendais, un sac-poubelle bleu-mer des îles Grenadines à la main, avec derrière la tête l'idée de simuler une rencontre et peut-être t'apporter un peu de réconfort. Mais depuis que j'ai rencontré Dieu, ce réconfort-là, je ne peux plus le donner.

– Dommage.

– Ne fais pas le galant, tu ne penses pas ce que tu dis. Moi, je t'aurais secouru une nuit parce que c'est dans ma nature, mais je ne t'aurais pas aimé d'amour. Est-ce que tu crois que l'on peut être amis ? Je serais très fière d'avoir un ami philosophe.

– Tu me fais penser au Petit Prince demandant au Renard de l'apprivoiser. Est-ce qu'un homme peut apprivoiser une femme sans la dompter ?

– Qu'est-ce que tu veux dire par là ?

– La grande question : est-ce qu'un homme et une femme, qui n'ont jamais été amants, peuvent être amis ?

– Inaugurons l'amitié entre un homme et une femme, scellée par le sommeil ! Nous n'allons pas faire l'amour, ton cœur est pris, le mien est intrigué, cela ne rimerait à rien, nous allons dormir ensemble. D'une certaine façon le sommeil, n'est-ce pas encore plus intime que l'amour ?

– Je veux bien dormir avec toi.

– Je vais garder mon jogging.

– Je vais mettre un T-shirt et un caleçon parce que je dors toujours nu et que je n'ai pas de pyjama.

– On va se tenir chaud. Finalement tu ne seras pas l'inconnu numéro 10 et c'est mieux comme ça.

– Qu'est-ce que tu veux dire ?

– Je t'expliquerai demain matin. En attendant, je vais t'apprendre à dormir avec une fille. Tu sais ?

– Je lui prends la main.

– Pas du tout. Colle-toi contre mon dos, là, ton bas-ventre emboîte mes fesses, glisse une jambe entre les miennes et remonte ton genou vers ma culotte. Ça a l'air compliqué mais ça ne l'est pas, au contraire, c'est très naturel, très confortable comme position. Passe un bras autour de ma taille et maintenant tu peux me tenir une main... Tu vois, c'est comme un slow à l'envers, la décadence, Gainsbourg et compagnie. Voilà ! Bientôt, tu ne pourras plus te passer de cette position... En attendant que tu retrouves la femme de tes nuits, je veux bien te dépanner. Pour un philosophe tu es assez confortable, assez malléable... Je les imaginais plus raides dans un lit. Voilà, ne serre pas trop. Éteins la lampe. À demain.

Réveil trash

J'avais raison, le sommeil brûle les étapes.

Après une nuit passée à dormir sans être pour autant devenus de nouveaux amants, le philosophe et moi semblions être d'anciens amis.

Entre les miettes de pain et les feuilles quatre-vingts grammes pour son imprimante, nous avons partagé un sachet de thé vert dans des bols chinois en métal peint, et les restes d'un paquet de biscuits Chamonix un peu durcis mais qui, trempés dans le thé, se ramollissaient comme s'ils étaient frais. Il me préfère le matin, démaquillée. Il ne partage pas le goût de Baudelaire pour les femmes fardées.

J'ai déjà remarqué qu'il parle des écrivains morts comme s'ils étaient vivants, comme s'ils étaient ses amis. À l'entendre, Flaubert et Stendhal auraient dîné chez lui la veille. Il a employé pour qualifier leurs œuvres des mots que je ne comprenais pas ; pour me venger je lui ai dit qu'il était trash, et il n'a pas pigé : il existe des mots que lui non plus ne connaît pas, des mots simples, même plus très branchés, et il est largué, le philosophe !

J'ai lu certains livres dont il parle, j'en ai même apprécié quelques-uns, Julian Barnes, Baudelaire, et cela suffit à l'épater. Lui ne sait rien de ce qui m'intéresse.

Il ne connaît ni Eminem, ni Moschino, confond Tom Ford et Tom Jones, Jean-Paul Gaultier avec Jean-Noël Galtier, le coiffeur en bas de chez nous. Pourquoi son monde régirait-il la planète plus que le mien ?

Je l'ai coiffé avec mes mains, sans peigne, en lui décollant les racines du cuir chevelu puis en lui chiffonnant les cheveux. Il ne s'est pas plaint malgré un résultat discutable, je l'avoue.

J'ai planqué l'écharpe rouge et le rasoir.

Il suffit de peu parfois pour devenir beau. Il manquait encore le costume. Je lui ai reparlé de Yohji Yamamoto, mais cela n'évoque rien chez lui, et pour ne pas rester en échec, il m'a répondu Inoué Yasushi, Ariyoshi Sawako, Tanizaki Junichirô et Kenzaburô Ôé qui, à mon sens, ne sont pas des couturiers. Alors j'ai ajouté Hanae Mori, Kenzo, Issey Miyake, Comme des Garçons, et nous étions quittes. Le philosophe, qui était aussi sociologue, a commencé à me considérer.

Quant aux souliers, je lui conseillai de les garder : à force d'être un désastre, ils reviendraient à la mode, il en va souvent ainsi avec les désastres.

On a tiré ensemble sur la couette, puis nous avons rincé, l'un à côté de l'autre, nos bols en alu. Ce phi-

144

losophe n'était pas macho, bien que mon expérience m'ait appris qu'il ne fallait jamais juger les hommes sur une première fois : ils sont meilleurs pour la vaisselle que pour les caresses, puis, logiquement, ils abandonnent les contraintes pour les étreintes. Et, bien plus tard, ils se remettent à la vaisselle. Voilà pourquoi j'aime les commencements : il n'y a pas de quoi s'attacher.

Il m'a demandé de revenir dormir le soir même, mais il habitait trop près, il y avait un risque. Le sommeil, comme l'amour, ne devait pas devenir une habitude ; puis, au réveil, j'avais ressenti un durcissement au bas de son ventre et je ne sais toujours pas à quel désir correspond ce durcissement matinal chez les hommes, un désir d'amour ou un besoin d'uriner ? Je n'ai jamais osé leur demander. En attendant d'être informée, je préfère dormir chez moi.

L'attente sous un ciel de jupons

Le palier traversé et la clé à peine enfoncée dans la serrure, le téléphone a sonné.

J'ai pensé que cela pourrait être Dieu, c'était lui.

L'attraction que Dieu avait exercée sur moi n'avait rien à voir avec la fascination d'une robe à bretelles après les longs mois d'hiver. C'était une attirance d'une autre famille, une famille encore différente de celle des inconnus type 8 ou 9.

Dieu me procurait des sensations plutôt que des envies, je pensais à lui et je ressentais la douceur d'une serviette chaude sur mes épaules lorsque, frigorifiée et contrainte, je finissais par sortir du bain. La pensée de Dieu m'enveloppait d'une chaleur agréable et j'aimais à revenir vers ce sourire embarrassé lorsqu'il avait répondu à MTL : « Un mètre quatre-vingts pour soixante-dix kilos », vers sa main qui cherchait le pain, vers ses lèvres qui se posèrent quelques secondes sur le bout de mes doigts pour me saluer. « Au fait, m'avait-il dit, à bientôt ? »

Fringues

Zoom arrière sur Lamorlaye. J'avais commencé un bout de chemin avec lui, sans lui.

J'étais coutumière du fait. Le rêve est une vie à part entière. Un jour, j'étais allée me promener au Bon Marché pour respirer l'eau de toilette d'un homme rencontré la veille ; c'était *Habit rouge*. Je me souviens d'avoir capturé l'odeur au creux de ma main pour le retrouver, deviner et influencer ses pensées. À peine avais-je franchi le seuil de ma porte que cet homme, l'inconnu numéro 3, appelait.

Dieu se manifestait parce que j'avais dormi chez le philosophe. Cela se passe toujours ainsi. Quand le découragement s'intensifie, ils le sentent. J'avais précipité le processus ; pourtant, l'attente est bénéfique. Elle me prépare à la réalité, cette réalité qui perturbe mes rêves. Je suis maladroite avec elle et mes paroles trahissent toujours mes pensées. Il faut beaucoup d'audace pour être soi, devant un autre, le moment venu.

La réalité, c'est un choix, un basique, un classique, une robe noire. Jusqu'à présent, la réalité je l'ai utilisée par pincées, je l'ai mélangée, accessoirisée d'un peu de folie, je l'ai couverte de broches des années quarante achetées aux enchères, d'animaux de Lalanne et de serpents de Niki de Saint-Phalle, de colliers de chez Naïla de Mombrison, de Patrick Ferrandis et de perles de chez Perle à Clignancourt. Je l'ai gonflée comme un voile de mousseline aux tons dégradés d'Ung ou de Kenzo, anoblie d'une paire de gants mousquetaire Saint Laurent, et quand elle s'impose à moi toute nue, toute seule, toute simple comme une voix d'homme qui me propose un rendez-vous, j'ai besoin d'un long moment pour m'y habituer, pour la découper par bribes dans la tête et la revivre à ma manière, avec ma part de rêves inévitables pour l'adoucir et la contrôler.

L'amour sans le rêve, c'est plat, c'est moche.

Pourquoi une femme choisit une robe noire ? Parce qu'elle a besoin de s'habiller.

La folie est en couleurs.

Pourquoi un homme appelle-t-il une femme ? Parce qu'il a envie de mieux la connaître. Beaucoup mieux.

Je n'aime que les robes à énigmes, les robes qui à elles seules sont un casse-tête, un théorème de Pythagore, une équation d'Einstein, j'aime les ensembles à problèmes, les ensembles difficiles à résoudre, les défis permanents : quelles chaussures mettre avec une jupe qui s'arrête à mi-mollet ? Des talons hauts et je ressemble à Bécassine, des talons plats, à une femme de ménage. Comment déshabiller un top trop perlé et habiller un blue-jean ? Le sac à main, c'est une presqu'île, disons une île, il est toujours indépendant. Et quand il s'agit de résoudre un look, il prend valeur d'inconnue. Reste à trouver la valeur de cette inconnue pour trouver la solution. Le manteau trois quarts assorti au tailleur Chanel est mort à Dallas avec John Kennedy. Depuis, les tailleurs du monde entier sont orphelins et toutes les femmes qui ont renoncé à la doudoune, au châle noir informe et au trench Columbo se posent la question de savoir quoi mettre avec... Le problème relève de la métaphysique. Certaines, même assistées des plus grands penseurs en la matière – les couturiers –, sont incapables de résoudre la question : « Quoi mettre avec la robe au pouf sur le derrière, la robe aux manches gigot, aux volants flamenco, aux bouffants XVIIIᵉ ? » Et, faute de réponse, elles finissent frigorifiées sur les marches du grand escalier rouge du festival de Cannes.

Petite fille, j'aimais les mathématiques, les équations du premier, du second degré, les équations algébriques, trigonométriques...

J'aime chercher. Il y a une quête dans la passion de s'habiller excentrique, disons excentrée. Chercher le lien magique qui fera soudain cohabiter la robe impossible avec le manteau incroyable. Les pompes délirantes avec le chapeau de Mary Poppins, revu et corrigé par J. Charles Brosseau ou Philippe Model.

Dieu a envie de m'appeler, il m'appelle. Il trouve. Il ne cherche pas.

Dieu ressemble à une robe noire, mi-mollet, manches trois quarts, transparente. À moi d'inventer un fond, une doublure en couleur ; à moi d'élever une robe de la basse non accessoirisée et mal structurée au rang d'une robe de la haute.

Personne n'est au-dessus des boucles d'oreilles, des stratégies, de la verroterie, des gants à la mousquetaire, des écharpes à franges, de la passementerie, des broderies, des queues de vison ; personne n'est au-dessus des alibis, de l'attente de rigueur et nécessaire pour amorcer le processus amoureux. L'accessoire est à l'apparence ce que l'émotion est à l'amour : le sel de la vie.

Il est probable que Dieu lit dans les pensées comme je lis dans les étoffes, qu'il appelle parce qu'il sent une faille grosse comme un trou au fond d'une poche. Il s'y engouffre. Son rire a déclenché le mien. En quelque sorte, je l'ai suivi. Alors, il s'octroie le droit de revenir en arrière, de faire résonner la sonnerie du téléphone chez moi, dans mon paradis retrouvé, de coller le combiné contre son oreille pour entendre le son de ma voix, de me réveiller dans ma douce rêverie commençante, de me réveiller comme cet assassin de Prince charmant tandis que la Belle au bois dormant dormait, de me déranger dans mon kimono violet doublé de vert émeraude, brodé d'un dragon protecteur dans le dos, là, au fond de mon placard, côté cimetière, une tasse de thé anglais à la main – le même que buvait Virginia Woolf, selon ma boulangère qui me l'a offert pour Noël –, sous mon somptueux toit de jupons, riche de mes histoires précédentes, et moi, là, bercée par la caresse des linceuls de plastique qui me balaient les joues et par ce parfum de naphtaline et de muguet qui a accompagné tant d'étreintes, je rêve à Dieu tranquillement.

Faut-il me ranimer ? Je sais que les rêveries peuvent

occulter la vie, elles ensorcellent comme une drogue, un assoupissement, et que je risque de ne plus sortir de ma cabane-placard.

Faut-il pour autant accueillir Dieu tel un sauveur ?

Le lien entre le mensonge et la coquetterie n'est pas défini. Au déroulement de toutes les histoires, j'ai toujours préféré les commencements. Je « démarre » une love story et je l'abandonne au bord de l'éclosion. Je ressemble à ces nurses appelées après une naissance pour « régler » un nouveau-né, et qui le quittent au bout de quelques jours. Dieu n'était qu'un sourire complice à Lamorlaye. Peut-être devrait-il le rester.

Habituellement, je contrôle mes rêves. Mais dans ce rêve quelque chose m'échappait, me troublait au-delà de la coquetterie ; cet inconnu en baggy allait-il semer le désordre dans ma vie rangée comme les rayons zen de chez Barney's, de chez Colette ou de chez Bleu comme Bleu ? Pourquoi réveillait-il mon désir endormi ? On ne sait jamais pour quelle raison ces choses-là se produisent, comment une musique résonne dans la tête et pourquoi, soudain, à la simple vision d'un être humain, pas si différent de tous les autres êtres humains, un cœur s'emballe tel un cheval fou sur la route des écuries.

Je regardais mes robes, les anciennes, les nouvelles, les robes d'automne, les robes d'hiver, les robes décolletées, les robes fermées, et toutes se mirent à danser

151

la ronde, le be-bop, le rock'n'roll. Mes robes se
tenaient par les manches et flottaient autour de moi.
Certaines, espiègles, relevaient leurs jupons, tandis que
d'autres, plus droites, plus timides, tenaient leurs boutons serrés. Les robes riaient, se moquaient du nouveau
nigaud tombé dans nos filets et se réjouissaient à
l'avance des tours qu'on allait lui jouer. Je la connais
la danse des robes, la farandole, la carmagnole de mes
chères révoltées. Glissée à l'intérieur de leur enveloppe
de tissu, je les ai tous exécutés, ces pas-là, ces demi-
tours, ces tours, ces voltes, ces virevoltes, ces sauts, ces
entrechats, ces pas croisés, décroisés ; avec elles j'ai
dansé à ne plus savoir sur quel pied, je les ai collés,
ces « suivez-moi-messieurs » dans mon dos, ces papillons sur mes cheveux ; je les ai enroulés, ces rubans
autour de mon cou, de mes chevilles, ces chaînes
autour de ma taille ; je les ai glissés, ces bandeaux sur
mon front, oui, j'ai été hippie, yuppie, zippie baba,
bobo, grunge et yettie ; j'ai cru en Bouddha, à la paix
et à l'amour, aux seventies, à SOS Racisme, au rap,
pour finir avec le Net et les Nike sans lacets. J'ai été
tatouée pour de vrai et pour de faux, j'ai été agrafée
à l'oreille, dans le nez et le nombril, j'ai saigné chez
M. Ramirez, le roi du piercing. J'ai été maquillée,
peinte, goldfingérisée à risquer d'en crever, colorée,
épilée comme une strip-teaseuse, bronzée, faux-cilisée,
super-crémisée, saucissonnée, Azzedine-Alaïatisée,
Lagerfeldisée Ungarotisée, stretchisée, attachée, plas-
tifiée, animalisée, ceinturée, plissée, déplissée, flouée,

152

harnachée comme un cheval de cirque et libre. Je le connais, le chant des robes sur un air de :

Promenons-nous dans les bois...
Quand les mecs n'y sont pas
Si la robe est jolie
Ils rappliqueront comme des pies
Tradéridéra et tralala...

Plus je suis déguisée, engoncée dans des tissus, des étoffes anciennes ou ultrabranchées, allégée, prête à m'envoler avec une jupe asymétrique en voile de spi ou de parachute, couverte de signes cabalistiques, caméléonesque, charlatanesque, et mieux je me sens.

Monsieur le professeur, sous prétexte qu'il ressemble à Kevin Costner, qu'on le surnomme Dieu, qu'il n'a pas peur d'appeler une femme, espère me coucher comme une lionne sans crocs, une baba sans ses Clarks, une bobo sans son Kelly d'occase ? Pense-t-il m'habiller un jour d'une petite robe noire comme une femme de professeur ? Moi, amoureuse d'un type qui porte un baggy alors que depuis deux ans le baggy ne se porte plus ? Amoureuse d'un ringard, d'un laborieux de laboratoire, d'un prof ! Quelle horreur ! Jamais !

L'amour est l'ennemi. Il nourrit le cerveau des désœuvrés, des écrivains et des simples d'esprit. L'amour réduit tout à néant. L'amour est une machine à laver Bosch WFM 3030, programme long, essorage spécial 30-60° , sans repassage. Enfournez une robe derrière le hublot et la machine à aimer vous rend une serpillière. Je risquais gros.

La réalité, la machine à broyer non seulement le rêve, mais les fringues, les accessoires, la gaudriole et la carmagnole se manifestaient par une voix virile qui me proposait un rendez-vous dans un café.

Les robes, suspendues au-dessus de ma tête, ont cessé de danser. Elles me regardaient, atterrées, avec leurs décolletés ronds, en V, pigeonnants, plongeants, ras du cou et leurs cols roulés.

J'ai accepté le rendez-vous rue du Commerce, sûrement troublée parce que, à peine avais-je raccroché, elles étaient rentrées, chacune à sa place, dans leur placard, en file indienne, certaines manches ballantes, d'autres épaules basses, ou encore bretelles tremblantes, apeurées.

Désolée, les filles, je ne fais pas tout ce que je veux avec moi. Écart, premier pas dans la réalité.

Dans une heure, rassemblement général. Comment allons-nous parvenir à naviguer entre le mystique et le squelettique, l'Orient et l'Occident, le masculin et le féminin, l'innocence et la préméditation, l'élégance et la séduction, pour nous rendre rue du Commerce, et enfouir le mec dans ma poche revolver ?

Vite, au Bon Marché

Un rien suffit pour ne plus être à la page, pour se sentir démodée, un rien de plus, c'est comme un adjectif de trop dans une phrase : la voilà bancale.

Hier encore il fallait élargir les ceinturons et les baisser sur les hanches, et je suis à peine levée que, dans la vitrine de Samy Chalon et Althena, à trois pas de chez moi, sans crier gare, dans la nuit ils ont, les diables, affiné les ceintures, remonté la taille, adieu les seventies, bonjour les sixties. En quelques heures, le cataclysme eut lieu. Il en fut de même avec la Saint-Barthélemy, le mur de Berlin, et c'est la fuite à Varennes qui recommence.

Seule une personne sensible à l'air du temps peut imaginer : alors que je descendais prendre mon café au bistrot d'en bas et que je me suis regardée négligemment dans le reflet d'une vitrine, j'ai vu et j'ai su que je datais, que j'avais raté un coche, que le train était parti dans la nuit et que j'étais restée sur le quai. Exclue. Abandonnée. Que ni mon corps ni mon visage ne sont dans la vie à cause d'une histoire de ceinture remontée d'un cran. Je suis en décalage. La vie est rude. Le temps passe sur nous. À moins que ce soit moi qui ne sois passée sur le temps. J'ai besoin de me réactualiser, de me ressourcer, de m'alimenter de nouveauté.

Il est vital d'être à la pointe, bien plus que d'avaler son petit déjeuner, même si la pointe est d'une instabilité extrême, d'un équilibre précaire et que parfois cette exigence me fait défaillir. D'urgence il me faut avancer, retrouver le présent, seule temporalité envisageable. Et le présent, c'est la mode. La mode comme une religion. Mon gourou ce matin exige que j'abandonne le gros ceinturon qui pèse sur mes hanches au plus vite. Je me déshabille dans la rue, j'abandonne sur le trottoir ma veste, ma ceinture. La nouveauté m'appelle. La vérité c'est maintenant, au Bon Marché.

J'imagine que le Bon Marché ressemble au ventre de ma mère. Je m'y sens protégée, réchauffée, et pour m'en sortir il faut des forceps. À tous ceux qui ont peur de mourir, il faudrait conseiller de ne pas sortir du Bon Marché qui, comme son nom l'indique, est bon. Un meilleur des mondes.

Quand j'arrive et que je referme une des portes vitrées sur lesquelles est écrit POUSSEZ d'un côté et TIREZ de l'autre, je me sens happée par cet univers ouaté rempli de choses si variées à découvrir.

156

Ici, rien n'est impossible. Je peux m'approprier le sexe des hommes. Il suffit d'un costume androgyne. Je peux m'approprier tous les vêtements de la planète, des chemises afghanes, indiennes, marocaines. Tout l'Orient jusqu'à l'Extrême.

À ma façon, je participe à la mondialisation, sans polémique, sans tragédie. Ici, rien de grave ne peut arriver. Chacun de ses rayons raconte tant d'histoires, tant de contes fantastiques, tous les destins sont envisageables, de la soubrette à celui du médecin : il suffit de se rendre à l'étage des uniformes professionnels.

Le droit à l'erreur existe et la seconde chance aussi. Mais à peine la porte rue de Babylone franchie, l'horloge du temps recommence à tourner, les juges à juger. La vie offre si peu de chances. Au Bon Marché, à condition d'avoir gardé le ticket de caisse, l'échange ou le bon-cadeau sont permis. Dans ce paradis, aucun risque d'être dépassée. Je peux jouer à me transformer, à adopter l'apparence d'une biologiste, avec blouse blanche et microscope, découper l'univers en rondelles, réaliser quelques rêves d'enfant en m'offrant une panoplie de Zorro ou de tortue Ninja. Je peux être sophistiquée ou casual et j'espère, de toute façon, irrésistible. Je ne suis pas la même en talons aiguilles ou en mocassins. Dix centimètres de plus et quelque chose est changé dans ma tête, forcément. Le talon est l'arme fatale de la séduction. Il n'est pas question de m'en passer.

MTL n'est pas au programme aujourd'hui, elle a eu son heure, je veux dire ses heures. Cerner son univers, parcourir toutes les rubriques people des magazines, traquer les galas de charité, réfléchir sur ses goûts et les moyens de lui plaire demandent, lorsqu'on n'est pas psychanalyste, un travail d'investigation.

L'énigme, cette fois, était une vision plus charnelle des choses. Quels vêtements choisir pour plaire à Dieu ?

Je supposai présomptueusement qu'il était inutile de trop m'éloigner de moi-même pour lui plaire ; que le sein était aussi important que la bretelle de soutien-gorge et le galbe d'un mollet que la résille qui le recouvre. Les hommes sont carnivores. Ils aiment la chair ; il faut leur en donner. Rien à voir avec MTL, pour l'amour de qui je m'étais, l'espace d'un déjeuner à Lamorlaye, reniée.

Rien n'est jamais simple en matière de séduction, surtout lorsqu'on a pris le parti de contrôler le naturel, de s'en méfier comme de son pire ennemi.

À peine ai-je poussé la porte du Bon Marché, ma tête se met à tourner. J'ai l'impression d'avoir respiré de la coke, je tremble, je frémis, je piaffe comme un cheval de course dans les starting-blocks, je transpire un peu, mes narines s'écartent, ma cage thoracique s'élargit pour absorber cette odeur de neuf, ce tout et ce rien qui doit me rappeler mon enfance, lorsque je rêvais d'être enfermée dans un grand magasin, de passer toute une nuit à rôder, à me promener, à fureter, à toucher, à essayer, à me rouler dans des kilomètres d'étoffes, de fourrures aux poils imprégnés de formol, de naphtaline et de mort pour enfin m'endormir, épuisée, dans la montagne de vêtements que j'aurais aimés et choisis sans aucune restriction. Voilà le Noël idéal, voilà, s'il existait, ce que le père Noël aurait pu m'offrir.

J'entre toujours au Bon Marché par l'entrée rue de Babylone. Je longe le stand Ralph Lauren sans m'y arrêter, mais je respire tout de même au passage cette bonne odeur de Long Island, d'acajou, de potiche bleu et blanc, de gentleman-farmer, de country un peu trop chic pour moi. Ralph Lauren habille les hommes élégants mais aussi les femmes qui ont des maisons, des enfants et baignent dans le twin-set en cachemire.

La tenue passe-muraille que je porte me révolte. J'ai envie de superposer des chapeaux sur ma tête, d'enfiler cinq jupes sur la mienne, et d'avaler les quatre étages de l'immeuble. Je sens que deux ou trois robes ne suffiront pas à me calmer aujourd'hui, il me faut aussi des colliers, de la verroterie en grande quantité pour assortir à la doublure matelassée en soie moutarde du manteau en velours grenat bordé d'astrakan violet acheté en solde chez Ungaro et que je n'ai pas encore porté. Il me faut aussi des escarpins en tissu, il y a une certaine urgence dans cette demande : j'ai des escarpins, des sandales, des mocassins, des bottines, des chaussures plates violettes, mais je n'en ai pas avec des talons bobines, et tout à coup il me faut des escarpins à brides, en satin épiscopal, et les talons bobines me paraissent les alliés indispensables de mon stratagème amoureux. Le talon aiguille est trop évident et la chaussure plate assommante. Conclusion : sans les talons bobines, rien n'est possible. D'ailleurs, je ne peux même pas aller au rendez-vous si je n'en trouve pas. Il me les faut pour séduire Dieu : mes jambes, si elles ne sont pas terminées par ce faire-valoir, n'y suffiront pas, il faut en passer par là : les talons bobines.

Je m'assois un instant près du stand des chapeaux sur une chaise trop maigre de Christian Liaigre. J'ai le vertige, je ne sais plus par où commencer. J'imagine que le rédacteur en chef du *News Magazine* doit être dans le même état que moi un soir de bouclage, lorsqu'il relit tous les papiers, répond au téléphone à trois acteurs, trois ministres inquiets ou mécontents des journalistes qui les ont interviewés, subit les commentaires angoissés des actionnaires sur la « couv » et rédige sa chronique à propos d'un roman qu'il n'a pas encore lu. Je suppose que lui aussi a besoin de s'arrêter quelques minutes pour retrouver ses esprits et considérer les priorités.

Une sensation de faim m'envahit. Je vois partout des éclairs au chocolat et des quiches lorraines sans pouvoir les attraper : ces robes, ces chapeaux, ces chaussures me taraudent. Si cinq poulets, quinze tartelettes aux fraises peuvent venir à bout des appétits les plus pantagruéliques, vingt garde-robes, trente étages de Bon Marché ne me feraient pas peur. Dès que

160

je vois des fringues suspendues à une tringle, j'ai envie de me frayer un chemin parmi elles ; je brasse des étoffes et c'est la mer entière que j'appréhende. J'ingurgite, j'avale, je prends, je me nourris d'images, de couleurs, de silhouettes, et oublie le monde, je m'abandonne... et je vais mon chemin avec McQueen ou Donna Karan, avec le fantôme de Christian Dior, avec un modèle peint à la main de Clément Ribeiro, la veste de smoking et le nœud pap de Jeremy Scott et une petite culotte de Fifi Chachnil... et je renais : ils m'ont inventée. Impossible de supporter plus longtemps ce que je porte, pas même ma peau qui colle à ce vêtement, je dois l'abandonner dans un coin du Bon Marché, comme une mue de serpent. Je me jette dans l'ascenseur, et monte au premier, au rayon de la femme ; j'ai encore plus besoin de vêtements que de tartes aux fraises, de m'habiller que de me déshabiller, je n'ai pas le temps de chercher où se trouvent Ung, Michael Korb, Roberto Cavalli, ou les autres, je m'arrête chez le premier créateur, là, juste devant la porte métallique qui coulisse, j'entre dans le stand Ventilo ; ici, j'avais déjà repéré un haut qui flatterait mon décolleté (90 B, juste de quoi remplir la main d'un honnête homme). J'attrape une jupe en flanelle grise de Paul Smith, amusante à cause de sa doublure dans un satin blanc à motifs de fleurs chinoises. Je m'enferme dans une cabine et, comme si je m'étais assise sur un saint-honoré, je me change avec urgence. Enfin ma respiration devient plus calme. Je file à la

161

caisse, les étiquettes et leurs prix se balancent dans mon dos, j'achète tout.

La vendeuse me poursuit. Elle a plié tout mon bazar entre les feuilles blanches d'un papier de soie, et me demande si je repars habillée avec ce que je viens d'acheter. « Oui, et je vous offre mes anciens vêtements s'ils vous plaisent. » Je la contrarie, cela ne se fait pas : personne ici n'offre ses vêtements. Aucun service n'est destiné à cet effet. Je lui demande simplement de les jeter, il y a bien une poubelle, une corbeille à papier au Bon Marché ?

– Voyez-vous, lui dis-je, ces fringues se sont consumées, brûlées sur le chemin du Bon Marché comme des calories. Moi, j'aime le neuf, le frais, comme pour les œufs ou le yaourt. J'aime me découvrir dans le miroir et ne jamais me ressembler, j'aime me renouveler. Ce vêtement a stagné trop longtemps dans mon magasin, suspendu à attendre que je l'invite à venir. Oui, il était devenu encombrant, culpabilisant, à patienter comme une jeune fille qui attend un cavalier au bal des débutantes et qui se désagrège à mesure que le temps passe. Cet ensemble raté, glauque, trouble, dangereux, a failli m'empoisonner. Rien ne sert d'être charitable avec les mauvais vêtements : comme les mauvaises personnes ils sont ingrats, ils ne vous le rendent pas. Alors, si vous n'en voulez pas – la vendeuse est ahurie –, je les lègue au Bon Marché. Personne ne peut m'en empêcher. Ces trois bouts de tissu retracent mon erreur. Je n'aime pas me tromper, ni

162

sur les êtres humains, ni sur les vêtements, mais les uns et les autres sont liés : quand on sait lire une robe ou un costume, on ne se trompe pas sur l'âme humaine.

La vendeuse ne tente même plus de me raisonner. Elle me regarde comme si elle avait un peu peur. Si j'insiste, elle appelle le directeur.

Je m'éloigne. Ma tenue ne traduit pas une originalité ou un génie très grands, mais je suis neuve, je ne ressemble pas à celle qui, il y a dix heures, sortait de chez elle.

Comment peut-on aimer la même tête, le même corps habillé plusieurs fois dans le même vêtement ?

Il y a de l'indécence à connaître aussi bien l'effet misérable que l'on produit avec son tailleur.

Je suis sans trace ni blessure passée, immaculée comme tout ce qui m'entoure dans ce magasin, il ne me manque qu'un bout de papier, aux couleurs orangées du Bon Marché, pour m'empaqueter.

Carnet d'achats

Carnet d'achats du 17 avril au Bon Marché.

Tout ce que j'ai acheté, c'est en pensant à Dieu et en redoutant mon mari et son banquier.

– Un push-up La Perla, en voilette cassis, et son boxer, finis les push-up Wonderbra qui resserraient les seins dans des coques pour les faire paraître plus volumineux, les nouveaux push-up modifient plus profondément la silhouette et misent davantage sur un principe de rondeur que je préfère.

– Beaucoup de Belges. Si j'étais banquier j'investirais dans les Belges. Les Belges me semblent la valeur la plus sûre aujourd'hui. J'achèterais du Dries Van Noten et du Ann Demeulemeester à profusion. Je n'ai pris qu'un haut à col montant chez l'un et une jupe transparente chez l'autre. J'aime ce mélange de rigueur du Nord et de fantaisie onirique qui doit leur venir des Espagnols. De leurs envahisseurs ils ont hérité un sens de la liberté, cela se sent aussi dans les vêtements de Martin Margiella.

164

– Un caraco en tulle brodé et microfibre prune de Capucine Puerari.

– Un body-string en voile semi-opaque au toucher très soyeux.

« Mon Dieu, pourvu qu'il soulève mon pull. »

– Accessoires cheveux de chez Mac.

– Une jupe taille basse, forme tulipe de chez Chloé, à porter avec des escarpins à talons aiguilles pour accentuer le côté rétro, et un petit pull en cachemire l'air de rien, qui s'arrête juste à la limite de la ceinture et laisse apparaître quelques millimètres de peau.

– Deux cardigans, un gris et un mauve bordé de dentelle de chez Speedy Way.

« Mon Dieu, pourvu qu'il m'aime. »

– Un casse-tête pas chinois, mais de chez PM, une imitation parfaite du fameux cardigan Voyage. Couleur difficile, ce qui n'est pas pour me déplaire : un bleu ciel fleuri, bordé de velours moutarde ; il gagne à être porté.

– Un blush Lancôme : « POMMETTES 06, PÊCHE INSOUCIANT », à appliquer du bout des doigts, mais sous la poudre.

– Une paire de lunettes noires Oliver People pour jouer les mystérieuses, si les choses tournent mal ou bien.

– Un maillot de bain, pour rien.

– Une chemise de nuit en soie froissée, pour dormir seule.

« Mon Dieu, pourvu qu'il succombe. »

– Des bracelets achetés à l'exposition africaine du sous-sol. Les bijoux de cheville sont mes préférés avec les bagues de petit doigt qui intensifient le geste, style MTL.

– Un panier en osier peint en mordoré et fourré de lapin gold comme on en trouve chez Victoire.

« Mon Dieu, est-ce assez pour l'intéresser ? »

– Un sac de chez Lulu Guinness, en forme de pot de fleurs en velours noir, sur le couvercle duquel sont posées quatre grosses roses en velours rouge, et quelques feuilles dans la même matière, mais vertes. Un chef-d'œuvre. Je me demande comment j'ai pu vivre sans lui jusqu'à ce jour sans le regarder tous les matins dans mon placard à accessoires, appelé « métamorphose » parce que, avec trois bricoles strassées on transforme une robe de chambre noire en robe de bal. Je ne fais jamais appel à ce genre de raccourci, il faut vraiment être très jeune et très fauchée, ou détester s'habiller. Mais j'aime bien ce placard pour son aspect différent, avec ses deux cent cinquante sacs alignés les uns à côté des autres. Les plus fragiles sont dans des housses en feutrine, de plus en plus souvent offertes par les couturiers, ou dans de petites enveloppes transparentes, plus astucieuses puisqu'elles permettent de voir sans chercher. Les sacs flirtent avec un millier de ceintures enroulées comme des serpents de la place Jamma el-Fnaa, qui font de l'œil à autant de paires de gants, de colliers, et là, l'éventail est immense puisque la collection, si je peux l'appeler ainsi, s'étend des chokers rétro relancés par Galliano, aux bracelets, manchettes, montres, bagues. Chaque catégorie est rangée dans des paniers en osier que j'empile comme des cercueils pour faire de la place.

– Deux pantalons androgynes. Il manque un peu de tissu à la taille et un peu en bas, quand j'étais petite on appelait ça « avoir le feu au plancher ». J'adore le feu au plancher, oui, j'ai trouvé au Bon Marché deux pantalons très inflammables.

« Mon Dieu, s'il me manque quelque chose, tout risque d'échouer... »

– Enfin, j'ai trouvé les talons bobines ! Ah ! Christophe Colomb découvrant l'Amérique n'était pas plus heureux ; un coup de chance incroyable ! J'ai évité de justesse la paire sur mesure chez Massaro, ce qui m'aurait contrainte à plusieurs essayages : je n'aurais pu les ramener chez moi à temps. Je dis ramener plutôt que rapporter parce que les vêtements, dès qu'ils passent le seuil de ma porte, ont une existence propre, plus ou moins heureuse, comme les vivants. D'ailleurs, elles me parlent mes fringues, et quand je serai morte, grâce à elles, je serai toujours là, elles me continueront, elles raconteront mon histoire, mon déjeuner à Lamorlaye, mon thé avec Dieu, et elles ne traduiront pas que ma folie vestimentaire, elles ressusciteront mon corps, comme le Saint Suaire. Il y aura mon parfum de lilas, mes pellicules, mes particules, peut-être même un peu de sperme ou de salive, et alors elles diront ma vie et mes secrets.

Voilà le Bon Marché. Cette terre de découvertes m'a évité de traverser la Manche pour me rendre chez Manolo Blahnik.

Quel dommage qu'il ne soit pas possible de tout porter en une seule fois ! Si Dieu, le mien, celui de Lamorlaye et de La Salpêtrière, me voit avec une paire de talons bobines, alors que je porte aussi des Nike et des Santiag, des bracelets de cheville et des Tod's, il aura une vision tronquée de moi. Il ne connaîtra qu'une infime partie de ma personnalité.

J'ai acheté aussi un manteau pour la petite fille de ma rue. C'était la première fois que j'achetais pour quelqu'un d'autre que moi. C'est étrange de penser à un enfant, je me suis renseignée sur les goûts d'une petite fille de dix ans parce que je ne suis pas experte en la matière. J'ai adoré acheter pour elle, alors j'ai continué avec une salopette en blue-jean forme baggy, un blouson de camouflage, des sweats Pokémon et Digimon, ceux qui se digivolvent, des bottines indiennes à franges et un parapluie Mickey pour qu'elle ne soit pas trempée quand elle rentre de l'école. Les gens qui aiment aimer sont peut-être des égoïstes. Et comment aimer sans acheter ?

J'ai passé neuf heures au Bon Marché. J'ai été contrainte de partir parce que dans les haut-parleurs une hôtesse annonçait la fermeture des portes. A vrai dire, la fatigue me gagnait. Quand je suis épuisée mon corps s'apaise et mon esprit aussi, je cesse de me poser des questions et je suis moins déprimée.

168

Fringues

Un seul taxi ne suffisait pas à tout transporter, il fallut qu'un second suive. J'aperçus une librairie sur le chemin du retour, et cela m'assombrit ; tant de livres et mon pauvre voisin qui tentait d'en ajouter un autre à la pile de chez Julliard, et moi, j'avais encore cédé à mes démons et l'euphorie se transformait en apathie, comme après une cuite, j'avais abusé, je crois.

Nausée

Le rire ne s'écrit pas. Il s'entend. Les larmes, elles, se dessinent, silencieuses.

En arrivant chez moi, le rire et les larmes se sont succédé. Le rire et les larmes ponctuent ma vie, je ne connais pas beaucoup d'états intermédiaires, de milieu, de ligne médiane, d'équilibre. J'aimerais me révolter contre cette tyrannie de la nouveauté. Résister à la mode, porter l'uniforme mao, par exemple, en signe de contestation. Pouvoir arrêter cette course frénétique contre le temps pour être de mon temps. Lâcher prise ! Cesser l'aliénation vestimentaire, celle-là même qui est censée m'émanciper. Et si l'uniforme m'était toujours allergène, me convertir au classicisme, style Lamorlaye ; par désespoir certaines deviennent bien carmélites ou bouddhistes. Oui, me tourner vers les modèles anciens, assagis, vers les robes recyclées, me laisser envahir par l'intemporalité. Uniformes civils ou militaires, habits d'apparat ou de cérémonie, blouse d'infirmière ou d'écolière, qu'importe... L'essentiel est de m'emparer de cet immense vestiaire en déshérence, de le détourner, le décaler, le décostumiser, d'être hors normes, du temps, d'atteinte, de piller l'immense réservoir des siècles passés, parce que la mode n'est rien qu'un recommencement. Résister au temps.

J'ai posé dans l'entrée les sacs en papier dont les anses en corde ou en plastique me tailladaient les avant-bras. Je devais en porter une quinzaine, plus ceux que le chauffeur de taxi avait montés jusqu'à mon palier.

À peine à terre, les sacs se sont effondrés, aplatis en une sorte de plainte comme si eux aussi protestaient contre leur nombre. Une certaine nausée me souleva le cœur, j'avais honte. Mais je voulais tellement lui plaire, et il m'était impossible d'imaginer que sans tout cet amoncellement de fringues, je le pourrais.

Je jurai à mes vêtements qu'après avoir fait une place aux nouveaux arrivants, nous resterions un moment entre nous, sans que personne, aucun habit de l'extérieur, vienne nous déranger. Pour l'heure, j'avais besoin de me reposer, de me plonger dans tous ces magazines auxquels j'étais abonnée, de jeter les lettres de ma banque – je ne voulais pas savoir où j'en étais, cela ne m'intéresse pas.

J'attendais les huissiers.

Je ne pouvais pas porter tout de suite les nouvelles fringues, je les avais trop en tête, j'aurais eu l'impression de me reconnaître, pire de me connaître, de vivre une intimité indécente avec moi-même. Comme les cosmonautes, je devais respecter un temps de décontamination. Moi et moi, nous nous fréquentons depuis des années et si nous nous supportons, c'est parce que nous entretenons ces silences, ces absences. Il m'arrive de partir à mille lieues de moi, loin, loin de celle que je suis, au point d'avoir du mal à revenir et d'en souffrir. Un esprit normalement constitué devrait s'emboîter dans un corps, pas le mien. Mon esprit est détachable, indépendant et insaisissable.

Dieu a appelé tandis que je me préparais une tasse de thé, enroulée dans mon kimono violet trouvé à Saint-Ouen.

Je vais avoir peur de lui, puisqu'il n'a pas peur de moi. C'est comme la jalousie, il n'y a jamais deux jaloux dans un couple. Dieu s'est attribué le meilleur rôle, il me reste l'autre, je n'ai pas le choix. Rien n'est plus désarmant que la gentillesse. Dieu ne calcule pas. Il est prévenant et bien élevé ; il appelle pour confirmer notre rendez-vous et demande si je préfère qu'il passe me prendre. Il y a moins de gêne à être enfermée dans une chambre avec un homme que dans une voiture. Je préfère me rendre toute seule au café de la rue du Commerce. Mais comment m'habiller ?

Trop de robes, trop de looks possibles m'attiraient. Comment être tout ce que j'étais en une seule fois ? Comment être celle qu'il allait aimer ? La tête me tournait. Était-ce ma faute si j'étais un peu hippie, baba, bobo, zuppie et yuppie à la fois ? Chacune de ces tendances m'avait habitée successivement et

172

ensemble. La hippie touch fonctionnait partout, alors que la baba touch, le sportswear de luxe, le confort chic, North Face, Helly Hansen ou Timberland étaient à manier avec des pincettes.

Rien n'est plus important dans une rencontre que le premier effet en tête à tête.

Selon que je me présenterai en face de Dieu en costume gris Dolce y Gabbana, blouson de cuir Prada et Nike sans lacets, tendance yettie, Keanu Reeves dans *Matrix*, ou en grunge, chemise à carreaux fatiguée sur T-shirt aussi sale que la tignasse et le bob au crochet de Kurt Cobain ou Courtney Love, mon avenir en dépendrait parce que l'habit fait le moine, et influence les destinées.

La robe de mariée se rebiffe

Les talons bobines étaient une bonne idée, le reste, je ne savais plus.

L'image que me renvoyait le miroir m'inquiétait.

Comment séduire un homme quand on ne se plaît pas à soi-même ?

Je me suis assise au fond du cimetière. Là, par terre dans mon coin, sous ma voûte céleste, mon ciel de jupons, j'ai tiré sur l'un d'entre eux, juste pour voir si le hasard m'habillerait mieux que la réflexion, si mes réserves comportaient plus de merveilles que la collection printemps-été du premier étage du Bon Marché, et alors que je contemplais mes étoiles, le ciel entier m'est tombé sur la tête. Tous mes jupons se sont décrochés et m'ont engloutie. Je suis restée quelques instants abasourdie par cette rébellion, puis j'ai commencé à m'affoler, à brasser au milieu du jersey, de la maille, de la flanelle, du shantung, des fourreaux, des fourrures vraies et fausses, des antiquités, des pantalons androgynes, du cuir, des tutus, des tuniques, des tissus froissés, cuits et recuits, des lins amidonnés. L'oxygène me manquait. Il flottait ces parfums de boîtes de nuit, de rue, de cigarettes, de bas Nylon, de crèmes pour le corps, de mousses à raser, de désir d'homme, puisque j'étais dans le cimetière.

La tête me tournait ; trop de souvenirs cumulés, trop d'odeurs, de senteurs oubliées me tombaient dessus. Et pour fermer cette marche funèbre, ma robe de mariée acheva de m'étouffer. Pas de doute, c'était elle, je l'ai reconnue au toucher, le tulle blanc est rêche, comme un avertissement, alors que souvent les couleurs claires sont plus douces que les couleurs sombres. Je savais bien que je ne la supporterais pas une seconde fois, même sans le mari. Dans un geste de survie, j'arrachai le voile qui collait à mon nez et le projetai loin de moi. Quelle idée d'avoir conservé un tel bazar ! Enfin je parvins à m'extirper de l'amas de fringues qui m'avait engloutie comme d'un tas de gravats après que la terre eut tremblé.

J'attrapai au-dessus de ma tête la petite boîte à couture Napoléon III en velours qui me servait les jours de dèche à coudre tout ce que je trouvais au bois de Boulogne – brindilles, écorces, feuilles mortes, fleurs séchées – sur des morceaux de tulle pour m'en faire des écharpes.

Les ciseaux à la main, je sacrifiai la robe détestée, la robe d'épousailles, en la découpant méthodiquement pendant plus de deux heures jusqu'à obtenir de minuscules particules de tissu de la taille d'un dé, puis ce fut le tour du voile de cérémonie, l'exécré, et la destruction du tulle blanc m'apporta un plaisir aussi vif que la création d'un ensemble de mes mains.

La robe de mariée s'était rendue.

Et moi, j'avais transformé cette imposante mémoire, ce triste souvenir, en un joyeux tas de confettis.

J'étais libre. J'avais divorcé, à ma manière.

Tremblement de fringues

Impossible de ne pas céder à ce tambourinement intérieur, de ne pas me laisser emporter par ce cœur emballé, ce corps pressé d'enfiler une robe en mousseline fluide qui coule sur ma peau comme une eau de source parfumée, qui ondule au moindre souffle de vent. Impossible de ne pas me laisser séduire par ce lapin teinté de rose comme une peluche de chez Fao Schwarz, par ces souliers à talons bobines qui, me semble-t-il, claquent d'impatience sur le sol en attendant que je les enfile. J'avais l'habitude des rendez-vous avec les hommes que l'on rencontre, un cocktail à la main, dans une boîte de nuit enfumée ; je ne connaissais pas ces hommes en blanc qui inventent des protocoles et des mélanges médicamenteux à faire tomber les cheveux. Nos univers étaient aux antipodes : Dieu affrontait la mort tous les jours, tandis que j'essayais de l'oublier, outrageusement.

Il est possible que j'aie tort de sortir de mon placard. Tort de quitter mon ciel de jupons pour le plafond bas et la pollution de Paris, de laisser ma ville sans impasses, mon musée, mon cimetière, ma réserve, pour un métro, un café, un homme, la réalité. Banale et répétitive. Si répétitive, cette vie, qu'il faut s'inventer des sentiments, des émotions, des déguisements pour la pimenter et avoir l'impression de se singulariser. Dans mon placard, il n'y a pas de courants d'air, aucun mauvais esprit ne souffle, aucun vent chargé de terre, de gazole ne salit, personne ne me demande en mariage ou ne me force à choisir une autre vie. Dans mon placard, ça sent bon le neuf, le bouquet de violettes et la naphtaline. Mon cœur bat à cent cinquante pulsations minute lorsque j'invente un inconnu et que je tournoie dans une robe floue achetée pour celui que j'imagine et qui ne me voit pas.

Il valait peut-être mieux rencontrer Dieu sur ma chaise pliante de camping-car, les yeux fermés derrière des paupières dignes d'un écran de CinémaScope. La rêver, cette scène, la modifier, la revivre, la perfectionner, la garder intacte en moi, sans une présence qui s'impose, s'oppose, juge et jauge.

Oui, j'aime m'habiller en reine de Saba, en Vivien Leigh dans *Autant en emporte le vent*, en madame Récamier, les seins enrubannés dans une robe Empire. J'aime le fourreau qui glorifie le corps en le redessinant. Ce côté brindille, fleur à couper, Marlène ou Marilyn, pour peu que la robe soit taillée dans un satin acidulé et nacré, que la pose soit alanguie ou flamboyante. J'aime ce côté vamp, sirène, mythe, même s'il me dépasse.

Le fourreau, c'est la robe qui dit oui, qui montre un zeste de peau, une épaule, un décolleté droit ou plongeant, mais toujours pigeonnant, une échancrure ici ou là qui offre un corps résistant comme un bloc de béton ficelé dans du satin. Au dos, la fermeture Éclair frissonnante, toujours visible, parcourt la colonne vertébrale, des fesses jusqu'aux épaules, et ne demande qu'à être descendue.

J'ai connu la tentation du rouge, la couleur des lèvres, du sang et des panneaux de signalisation. S'habiller en rouge, c'est dénoncer la proximité du désir, la proximité du danger. La robe en mousseline beige qui dit *peut-être* est plus raffinée que le fourreau enflammé qui dit *tout de suite*.

Je risquais gros dans cette histoire. Chaque histoire d'amour menace une partie de soi.

Le moment est venu d'appeler le philosophe au secours, même s'il me semble pressé tel un citron, au bout de tout ce qu'il peut m'apporter ; d'appeler MTL, de me laisser griser par son snobisme, de tenter le joker inconnu numéro 11, de continuer avec un numéro 12 s'il le faut, de ranimer Églantine après sa sortie de prison. Parfois, il suffit de laisser reposer les amis pour leur retrouver quelques mois après un peu d'intérêt, il faut leur donner le temps de se recharger en blagues et en expériences avant de revenir joyeusement leur rendre visite, comme on redécouvre de vieux manteaux. Rien n'est plus lassant qu'un traîne-poussière, un cache-misère. Les trenchs et les duffle-coats, encore plus que les amis, nécessitent un temps d'oubli, un grand placard bien à eux où ils peuvent étendre leurs lourdes manches avant de retrouver leur ampleur et leur intérêt.

Aucun vêtement, aucun être humain ne peut apporter à lui seul toutes les richesses du monde et combler tous les manques, les curiosités, les envies. Parce que les goûts changent, parce que l'on grandit et l'on vieillit, parce que l'on apprend, on se souvient et puis on oublie, parce que l'on aime et qu'un jour on aime moins, parce que le temps passe et reprend ce qu'il a donné, il me faut plein de robes et plein d'hommes, il me faut des robes et des hommes pour quand il fait froid et quand il fait chaud, pour quand je suis triste et que je suis gaie, pour quand je veux vivre et quand je fais semblant, en attendant.

La robe qui ondule
et le lapin rose qui complique

Je marchais dans la rue du Commerce comme, je suppose, marcherait une femme normale qui va rencontrer un homme normal.

La mousseline de Donna Karan qui ondulait autour de moi me donnait une allure légère comme il sied à l'heure grivoise, entre thé et champagne. L'allure était d'ailleurs plus que légère. À chaque pas c'étaient des vagues qui roulaient et se renouvelaient dans le mouvement perpétuel des marées, et la mousseline fluide ondoyait tandis que moi je tanguais, en équilibre, me semblait-il, à l'avant d'un navire.

La robe de transparences superposées m'entraînait vers un homme. Oui, c'était elle qui me tirait, elle était si belle, si aérienne qu'elle avait envie de se montrer, d'être louée, complimentée, flattée, peut-être aimée.

Comment résister à ce courant ? À la grâce d'un jupon, d'un voile taillé en biais pour s'envoler audessus de la moindre bouche d'aération ou de métro, pour décoller au moindre coup de vent, coup de chapeau, au moindre sifflement ?

Les jupons sont plissés à la taille pour amincir et alléger les petits pas des petits rats de l'Opéra.

Comment retenir la matière qui brûle d'être regardée, admirée, caressée ? Comment résister aux fils beiges et rosés tendrement teints, doucement entrelacés, relâchés à peine, pour donner à l'étoffe sa souplesse et entendre la douce mélodie de ces fibres, comme des cordes de violon entremêlées ? La mousseline chante le soir à l'heure des rendez-vous amoureux. Elle chante et exige comme une femme capricieuse et sûre de sa beauté.

Le vent alizéen se mêle à la chorégraphie. Audacieux, le vent n'y va pas par quatre chemins. Les hommes se retournent dans la rue, devant le spectacle de ma petite culotte qu'exhibe ce vent polisson engouffré sous mon jupon.

Depuis quand le vent et la mousseline décident-ils des sentiments ?

Depuis quelle révolution les garde-robes ont-elles pris le pouvoir sur les gardes du corps ?

Et, tandis que je marchais, je me répétais : « Dieu de tous les tailleurs, de tous les couturiers, faites que le Dieu des garde-robes triomphe des diables du corps, que l'étoffe triomphe de la chair, la futilité de la profondeur et l'amour des fringues de l'amour des hommes. »

Quelque chose de fébrile s'ébrouait en moi. Nous étions le 21 avril, l'air était chargé de pollen, sur les arbres des petites feuilles d'un vert neuf, importable, ce vert des rainettes qui ne sied qu'aux grenouilles, bourgeonnaient comme les mots sur la maille de Sonia Rykiel, les zips d'Alaïa. C'était le printemps. La saison de *Saturday night fever* et de *Grease*, l'époque des bretelles, des bustiers, des shorts et des minis. Le danger rôde. Des libellules en plastique et en strass se promenaient sur ma tête. Pourquoi les grillons chantent-ils sous le soleil ? Pourquoi dans mon cœur quelque chose tremble et s'ébranle au point de m'empêcher de respirer ? Y a-t-il si peu d'air rue du Commerce ? La pollution certainement, oui, la poussière de la ville entraîne des troubles respiratoires.

La mousseline beige rosé, douce et tendre comme une caresse, m'a donné envie d'imiter l'étoffe, d'être à mon tour douce et tendre comme la main d'un homme posée sur ma joue. Je ressemblais à de la mousseline.

Je serre des deux mains les bords de mon boléro en lapin rose. Cette volonté farouche d'éblouir ressemble à une erreur. Soudain, j'ai peur de m'être laissé entraîner par mon bataillon de fringues. N'ont-elles pas exagéré en me déguisant ainsi ?

Rien à regretter puisque je n'ai pas pu leur résister, j'ai eu si peur d'être insignifiante en simple tailleur, en ensemble pantalon Smalto ou Armani.

Comme sont parfois lourds à porter nos névroses, nos peurs, nos espérances inavouées, nos secrets, les gestes que nous attendons des hommes tout en les repoussant, la déclaration que j'aimerais entendre et celle que je suscite ainsi vêtue. Le boléro me déséquilibrait. Je savais qu'en face de cet homme le lapin me nuirait, et, pourtant, c'était dans ce désordre de moi, dans ces contradictions, que je voulais qu'il vienne me cueillir.

Il aurait fallu être habillée de noir, comme tout le monde. Mais c'était impossible, j'avais trop envie de lui plaire pour rester simple et dépouillée. Il faut aimer son corps pour le découvrir, non ? Quelle outrecuidance dans le naturel ! Comme il faut être sûre de soi pour se présenter nue, ou vêtue de manière sobre ou effacée, pour ne pas appeler l'étoffe mirobolante, l'étoffe étourdissante, le lamé, le satin, le velours dévoré et la toile peinte et les poils de lapin à son secours. La vanité n'est pas dans la parure, mais dans la nudité. Le naturel est laid. J'ai besoin de talons bobines pour galber mes mollets. Et c'est grâce à cette abondance de plis qui vont s'évasant comme un parapluie retourné que mon buste apparaît telle une sculpture posée sur un piédestal.

Personne en me voyant ainsi déambuler rue du Commerce n'aurait pu penser que cette douce femme vêtue de tendre mousseline, à l'allure désinvolte, balançant d'une main parfumée et French manucurée un minuscule sac de Kate Spade avec autant d'attention que si tout son esprit était dedans, partait en guerre ; qu'elle voulait jouer à capturer un homme, à le subjuguer, à le conquérir. Que trop est préférable à pas assez, qu'ainsi, s'il reculait je pourrais me dire que c'était à cause d'« elles », mes fringues, puisqu'elles sont mon bouclier, mon paravent, mon bouc émissaire – et non à cause de moi. Je peux changer de sac, pas de tête.

Confrontation

– Je ne vous ai pas reconnue quand vous êtes arrivée...

Ils disent tous ça. Mais lui a prononcé ces mots d'une voix à peine moqueuse, et plus suave que les autres.

Normal. On ne me reconnaît jamais parce que je change toujours. Mes vêtements et moi nous nous sommes assis. Et à partir de ce moment-là, pour la première fois de notre vie commune nous avons été en désaccord. Rien à voir avec l'austérité d'un uniforme ou la préciosité d'un tailleur pour un déjeuner à Lamorlaye. Un désaccord profond, d'une essence particulière, qui allait me nuire comme peut nuire la tante gaffeuse que l'on cache. Mes fringues pesaient, sonnaient faux, elles pouvaient faire échouer mon entreprise de séduction et, malgré cette entrave, j'étais capable de fermer le clapet du premier mal léché qui viendrait les critiquer. La nature me taraudait, cette nature tant redoutée me paraissait être là, à fleur d'étoffe, prête à s'exprimer. Mais il était trop tôt. Pourquoi cette inquiétude intervenait-elle alors que j'étais assise dans un café en face d'un homme ? Pourquoi maintenant et pas tranquillement plus tard, dans mon placard ? J'étais mûre, les kilomètres d'étoffe, des kilos de strass et de paillettes avaient fini de me materner ; le moment était-il venu de nous détacher ? Impossible. Je m'agrippais à mon boléro en lapin rose, malgré le message déroutant qu'il pouvait envoyer à un prof de médecine sur ma personnalité.

Il a commandé du champagne et nous avons trinqué avant de nous parler comme les amants que nous n'étions pas.

Il me regardait avec courtoisie, mais aussi avec convoitise, maniait le silence avec assurance, ce silence qui m'angoissait et que par timidité je comblais de mots comme je recouvre une robe chasuble noire, barbante à crever, de broches, de pins ou de décorations bidons. J'étais subjuguée. Inutile de me demander pourquoi, autant lire *Cosmo* et *Marie-Claire*.

Souvent pendant les silences, ses yeux se posaient sur ma bouche ; les inconnus numérotés m'ont appris à décrypter ce regard-là. Le regard vissé sur les lèvres, en langage clair, veut dire : « J'ai envie de t'entraîner dans une chambre avec un lit, derrière une porte avec une clé, et de te couvrir de caresses. »

Je le voulais aussi. Ardemment. Immédiatement. Au point de ne pas craindre d'enlever mes fringues.

Bonnes mères, mes fringues ne m'avaient pas seulement élevée, instruite, éduquée, elles m'avaient appris à me passer d'elles. Le désir pesait. Un courant d'ondes ensorcelantes circulait. Docteur Jekyll n'était pas né de la dernière pluie.

– Ainsi vous vous appelez Darling ? dit-il en me regardant dans les yeux. Puis il répéta : Darling, Darling, avec un petit sourire conquis. C'est comme une chanson. Est-ce qu'on peut ne pas aimer quelqu'un qui s'appelle Darling ?

– J'espère que non.

Et je souris, tandis qu'il continuait à me regarder avec un bonheur évident.

Soudain, le moment tant redouté arriva : son regard quitta mes lèvres pour se poser sur mon boléro. Mon blush rose indien tourna au fuchsia. Redoutant ses moqueries, je glissai la petite veste sur le dossier de ma chaise et découvris mes épaules menues, rondes, brillantes comme un fruit bien astiqué. Plus rien ne fut comme avant. J'eus beau actionner le zoom arrière, plus aucun point de comparaison n'était valable. Rien. Aucune autre rencontre, pas même celle du mari numéro 1 ou de l'inconnu numéro 2, n'avait été accompagnée de ce tambourinement intérieur.

Ses yeux s'allumaient, pas de doute. J'étais transformée en objet de convoitise, comme un ensemble dans la devanture d'une vitrine, et cela me plaisait. Dieu est avec moi et pas seulement avec mon jupon. Le Doc admirait ma peau bronzée sans soupçonner le toc, le Flash Bronze de Lauder et le soleil en spray autobronzant à séchage instantané de Lancôme. Je riais. Je montrais mes dents blanches comme un collier de perles tahitiennes. J'aimais être matée par cet homme. Il réveillait et flattait ma vanité de femme.

– Vous allez avoir froid.

J'avais froid. Mais je voulais qu'il voie mes épaules. Je refusais de me priver d'un seul petit avantage susceptible de le captiver. Puis j'avais honte du lapin et honte d'en avoir honte. Je tremblais qu'il s'en aperçoive.

– Si vous n'avez pas froid tant mieux, parce que j'aime voir vos épaules et que je n'aime pas votre veste en lapin rose.

Voilà qu'il insultait ma famille.

Je pris un air offusqué.

– Ah ?

– Je veux dire que vous n'avez pas besoin de lapin rose pour vous détacher du lot. Votre robe de mousseline qui ondule sur vos genoux quand vous vous déplacez suffit. C'était magnifique de vous voir arriver. Vous êtes si belle, pourquoi en rajouter ? Toujours une cinquantaine de kilos pour un mètre soixante-quatorze ?

J'opinai.

– J'espère que vous n'allez pas me fuir si je vous dis que vos épaules sont la plus belle parure du monde...

– Tout dépend... si vous pesez toujours soixante-dix kilos pour un mètre quatre-vingts.

Il y a bien un dieu des amoureux : où donc avais-je trouvé l'audace de cette repartie ?

Il se mit à rire.

– Vous n'avez pas oublié...

Je regardai ma montre : je l'avais séduit, il fallait partir. C'était ainsi que procédait Casanova, insuffler le manque dès la première entrevue. Et puis ce qui se passait en moi était trop violent, j'étais prête à renier mes ancêtres, à trahir un boléro en lapin rose de chez Dolce y Gabbana pour plaire à un homme en baggy, un Tintin de laboratoire sans Milou. L'heure était grave.

– Darling... votre prénom, c'est une déclaration d'amour.

– Souvent les gens n'osent pas me nommer.

– J'ai osé.

– J'ai entendu, mais cela ne compte pas puisque c'est mon prénom.

– Et vous aimeriez que cela compte ?

Rougissante, je baissai le nez dans mon verre de champagne, les joues rose bonbon, l'impression que le vol de libellule posé sur mes cheveux était entré dans ma tête et tournoyait : toute ma vie dépendait de ce rendez-vous, me semblait-il. Combien de temps s'était-il écoulé depuis que je m'étais assise en face de lui ? Un quart d'heure, une demi-heure ? J'étais incapable de l'évaluer. Je savais juste que l'intensité de ce moment valait bien certaines vies. Les mots se bousculaient dans ma tête sans que je puisse les attraper. Il y avait beaucoup de monde autour de nous et jamais je n'en avais aussi peu tenu compte.

Le silence. Décidément, il savait en jouer comme personne. Je ne voulais pas qu'il me demande ce que je faisais dans la vie, pas tout de suite, j'aurais dû justifier mon placard, le Bon Marché, les puces, les broc', et ma réponse l'aurait déçu. Il attrapa mon regard, comme si lui aussi était devenu un objet, et me força à relever la tête. Non, à ce moment, il ne pensait pas à mes occupations ni aux siennes. Il scrutait mon visage. À ce moment, je suis sûre, il voulait savoir autre chose, de plus essentiel, il voulait savoir, par exemple, si l'attraction qu'il ressentait pour moi était réciproque. Casanova m'aurait déconseillé de répondre. Son être, son corps, sa respiration, sa peau, ses vibrations m'emportaient vers lui comme un courant. J'étais captivée, et lui, lui qui ne détournait pas ses yeux des miens, devait l'être aussi.

J'avais juré à mes fringues de ne jamais céder à cette dépendance-là, de rester libre, de ne sortir de mon placard que pour jouer, pas pour aimer, parce que la vie ressemble à une farce, même la banque, les diplômes, la télévision, les journaux, les affaires ne sont qu'une grande cour de récréation. Et voilà que moi aussi, malgré ma famille de maille, de soie, de coton, de Dacron, de Lycra, de Perlon, de Rhovyl, de Rilsan, de Tergal et de Térylène, je tombais dans le piège de l'amour.

Il ne m'a pas demandé ce que je faisais dans la vie parce que cela lui était égal. Il savait bien que l'essentiel est là, dans les regards, dans le courant, que pour un temps j'étais orpheline, sans jeu, sans escarmouches, sans fanfreluches ni tous les trucs qui allaient avec.

Il m'avait dépouillée de mes coquetteries, de mes artifices, il ne restait plus que moi, moi que je ne reconnaissais pas ainsi aspirée, ainsi dénudée.

Quand je ne pus plus supporter ce silence, je lui dis :

– Dieu, ce n'est pas banal non plus, comme prénom.

– C'est un surnom.

Est-ce que les femmes qui l'avaient connu l'appelaient Dieu ? Je n'avais pas envie de le savoir.

– Dieu et Darling commencent par la même lettre, dit-il benoîtement.

Il aurait pu ajouter : « C'est un signe », mais il se tut. Alors j'acquiesçai. Que pouvais-je ajouter ? J'aurais aimé lui dire : « Et si on ne jouait pas ? » pour ne pas recommencer mes erreurs. Je pensai soudain à mon premier mari, à tous les inconnus qui l'avaient précédé et suivi, mais il ne faut pas charger le présent de ses erreurs passées. Par quelle soudaine et stupide honnêteté aurais-je dû lui livrer mon histoire alors qu'il ne m'avait rien demandé et que je me sentais vierge comme les fringues étiquetées et empaquetées à peine

Fringues

sorties d'un magasin ? D'ailleurs, tout ce que je portais était immaculé, rien que pour lui, comme une robe de mariée.

Il approcha son visage du mien, je le respirai sans reconnaître qui se cachait derrière cette masse d'homme compacte, ramassée, concentrée, derrière ce secret, cette énigme qui m'attirait peut-être pour ces raisons-là. Pas de mots ; et pourtant, comme il est subtil aussi le langage amoureux. Et dans ce désordre qui m'envahissait jamais je n'avais été aussi proche de la vérité, d'une vérité que je venais de découvrir, là, peut-être une demi-heure auparavant.

– Vous êtes mariée ? me demanda-t-il soudain.

– Oui... enfin, plus pour longtemps. Et vous ?

– Plus pour longtemps, dit-il, reprenant mes mots.

Voilà pour la conversation perceptible. Mais il y avait l'autre, celle qui se déroulait en même temps dans ma tête, ma vie, mon monde, mes fringues, tout ce qui m'avait habitée jusque-là et qui, me semblait-il, se détachait de moi.

J'aurais voulu être transparente, tout lui avouer, mon déséquilibre, mes faiblesses, mes shoppings frénétiques, ma nuit serrée contre un philosophe de palier, lui avouer que j'aurais pu m'offrir à un homme parce qu'un autre, lui en l'occurrence, me manquait, que bien souvent des hommes ont ainsi récupéré des femmes sans savoir pour quelle mystérieuse raison elles se donnaient. Mais je n'avais pas fait l'amour avec le philosophe, j'avais juste dormi avec lui parce que j'avais besoin de ce bien-être qu'aucun pull en cachemire même triple fil ne pouvait offrir, parce que j'avais besoin de Dieu.

Était-ce l'amour ?

— Il va falloir nous quitter, dit-il enfin. Puis il ajouta : Qu'est-ce que vous pensez ?

— Que c'est rare d'être troublée, n'est-ce pas ? dis-je, sans mentir pour une fois, tout en mesurant le danger que représente la vérité...

D'une main il caressa ma bouche et me dit à l'oreille :

— C'est exactement ce que j'avais envie d'entendre.

À ma détresse, au moment où il déposa un baiser sur ma joue, là, juste à la lisière de mes lèvres, sans savoir quand il me rappellerait, je mesurai la gravité de la situation. Peut-on être attachée à un homme avec qui on n'a même pas fait l'amour ?

Il m'aida à remettre mon petit boléro en lapin rose de Dolce y Gabbana et rit doucement. Si étrange que cela pût paraître, j'eus l'impression que ce rire effaçait tous les mots et toute la sensualité que la même bouche m'avait soufflés.

Il se moquait. Gentiment, amusé et ravi de tant de féminité, ravi de notre différence.

Sûrement, il lut le trouble dans mon regard, et je savais qu'en pensée il était déjà parti. Il réfléchissait à un nouveau protocole ou répondait à son courrier.

Que savais-je de ses occupations ? La seule chose dont j'étais sûre, c'est qu'il n'était plus là, qu'il ne songeait plus à m'allonger sur un lit dans une chambre fermée à clé. Les hommes ont le pouvoir de rompre un moment avec un amour, une idée, de se détourner d'une femme aimée, à la vue d'une belle voiture, ou à la lecture d'un article de presse. Alors que mes fringues ne sont achetées, repassées, parfumées, accessoirisées, glamourisées, portées que pour eux. Mes fringues sont une grande quête d'amour. Je n'aime pas me l'avouer. Mais là, en cet instant, j'ai envie de m'agenouiller, dans la rue, dans une église ou devant une devanture, et de prier : « Pourvu qu'il m'aime, oui, mon Dieu, faites qu'il m'aime. »

Nous nous séparâmes devant un hôtel, juste à côté du café, sans qu'il propose de m'y emmener.

Je souriais ; un sourire sans faille, le sourire du stratège.

– Voulez-vous que je vous raccompagne sur mon scooter ?

– Non...

– À bientôt.

Et moi, je ne souhaitais qu'une chose : garder cet homme, poser mon visage au creux de son épaule, qu'il referme ses bras sur moi, et que ce moment dure longtemps, qu'il prenne la place de beaucoup d'inconnus futurs, peut-être même de tous les inconnus, qu'il relève mon visage et colle ses lèvres contre les miennes

Fringues

et que le baiser dure jusqu'à ce que mes fringues, à force d'être démodées, redeviennent à la mode.

Je demandai pardon au dieu des garde-robes.

La robe qui flotte
comme un drapeau en berne

Le jupon du retour, même en mousseline, est lourd, il ne flotte plus au gré du vent, il pend comme un drapeau en berne. Je marche et il me semble revenir d'un grand voyage plein de coquetteries, de minauderies, d'espoirs, de désirs, un immense shopping au rayon des sensations diverses, qui me laisse insatisfaite parce qu'une personne humaine ne vous appartient jamais comme une robe en mousseline beige rosé ; je pourrais bien la suspendre et l'étiqueter à son nom dans mon placard, les mains du professeur qui l'avaient effleurée ne viendraient pas avec. Le rêve a ses limites ; les robes sont un moyen, plus une fin. Avant ce rendez-vous, je repensais le monde en marchant. Un monde idéalisé, sans cireurs de pompes, sans total look, sans corset, sans sac assorti aux chaussures, sans mal fringués, sans obèses, sans rendez-vous compromis, sans méprise sur celle ou celui que l'on est.

Il n'en fut pas ainsi.

Une question me taraudait. Pourquoi, même en amour, faut-il toujours un vainqueur ? Qui avait gagné la partie ? Dieu ou moi, Darling ?

Il m'apparut évident que c'était Dieu.

Mais ce que l'on ressent est parfois différent de l'effet que l'on produit.

J'avais oublié d'être drôle, et je savais l'être. J'avais oublié de soupirer – et c'est féminin, plein de sous-entendus, une femme qui regarde un homme en expirant lentement...

Il y avait eu du bon dans cette rencontre, et pourtant le mauvais, les moments que j'estimais avoir ratés, me revenait en mémoire. Le mauvais, c'était à cause d'elles, mes fringues, devenues mes cousines de province, endimanchées comme pour aller en ville, qui m'avaient nui, j'en étais sûre...

Alors, en marchant, je recommence la scène, j'imagine que la vie donne une seconde chance. J'arrive au café, je balance mon sac sur la table, je salue le professeur, je ne parle pas pour combler le vide. Le vide ne m'angoisse pas, je n'ai plus peur du silence, je sais esquisser un sourire, je n'en fais pas des masses, pas de lapin rose, de jupon trop juponné, pas de bas trop résillés, de talons bobines pour embobiner, non, je ne porte pas une tenue à me faire montrer du doigt ou violer, je ne suis plus une proie en quête désespérée d'amour. Je porte une tenue qui me donne un air authentique comme les rédactrices de mode du *Herald Tribune* lors des collections, la vérité en plus, une robe longue, droite, noire, des tongs, les cheveux sans coloration. Je suis maligne, je ne montre pas que j'ai envie de me montrer. Je n'abandonne pas la réalité pour le rêve, je contrôle, je suis dans le présent, je ne vis pas deux conversations à la fois, les mots que nous échangeons à l'extérieur et ceux que j'aurais aimé échanger à l'intérieur. Deux conversations, deux vies, deux attitudes me déséquilibrent et je perds la partie.

Je laisse parler les silences et les regards. Je découvre ses mains longues comme celles d'un chirurgien, j'observe tranquillement son travail d'approche, son regard qui se promène entre ma bouche et mes seins, je ne critique pas son baggy.

Les hommes forts sont gentils avec les femmes, ils n'en ont pas peur. Il faut les laisser faire.

Pour me donner du courage, j'aurais dû me répéter que j'ai de la chance, que ma vie est belle, que je n'ai pas de réveil, pas d'enfants, pas de mari, pas d'employés ni de patron, pas d'uniforme, pas de professeur de gymnastique, que je ne suis pas obligée de retourner à Lamorlaye, ni d'être aimable avec ceux que je n'aime pas, que j'ai la paix, des copains, un voisin philosophe, un ex-mari riche et recasé, et des fringues noires et blanches de chez Armani, Joseph, Crada, Yamamoto et trois jeans Levis, parce que je sais que le mieux est l'ami du mal.

Je marche et mes larmes coulent, le Rimmel de mes cils me pique les yeux. Je ne cesse de ressasser cette histoire inachevée et frustrante. J'abandonne dans une poubelle mon boléro en peluche ; je pourrais l'offrir, mais ce ne serait pas un cadeau.

Je préfère avoir froid.

Je n'ai pas vu son désir de délacer mes chaussures. A-t-il remarqué mes talons bobines ? Le souvenir de cette rencontre entre presque muets ne me quitte pas. Mais l'essentiel est toujours tu. Pauvre destin : un mois de gamberge balayé en quelques minutes. Il a dit : « À bientôt. » Chaque fois la même chose : j'enfile une tenue d'épouvantail pour faire fuir les moineaux et j'y parviens. Je ne suis même pas une salope et je me méprise de ne pas l'être. Je suis la batteuse de cartes du casino de Trouville, je fais en sorte que personne ne gagne, à part la banque du Bon Marché. J'ai mal dans mon cœur, soudain je suis une grande cardiaque des sentiments, la moindre palpitation m'affole, je fous le camp dans ma tête et le train déraille encore plus qu'à l'accoutumée.

C'est toujours pareil avec les hommes, ils se déplacent en compagnie, comme les perdreaux ; il suffit d'en capturer un pour que tous les autres rappliquent. Si j'avais cédé au philosophe, Dieu aurait été plus exigeant.

Pourquoi faudrait-il cacher que l'on aime un homme pour qu'il nous aime ?

Je vais poser la question à mon voisin philosophe.

Le jogging pour refuge

– Le jogging, c'est devenu une habitude ? me demanda le philosophe tandis que je l'attendais sur le tapis-brosse devant la porte de son appartement.

– Un apprentissage, peut-être. J'ai l'impression d'être en pleine mer et de ne pouvoir nager sans me tenir accrochée à mon placard comme à une bouée. Cette sensation m'a prise au café, alors que j'étais assise en face de Dieu, et depuis quelque temps, en effet, cette manie du jogging ressemble à une révolution.

– Tu as vu Dieu ?

– Et j'ai été charmée.

– Pourquoi ce ton catastrophé ?

– J'ai tout gâché à cause d'une veste en lapin rose.

– Tu donnes beaucoup de pouvoir aux vêtements.

– Dieu s'est un peu moqué.

– Mais c'est très mignon, le lapin rose.

– Tu te fiches de moi.

– Tout dépend comment on porte les choses.

– Je portais ce blouson comme si rien au monde

n'était plus important que lui, lui et mes talons bobines.

— C'est en effet un peu restrictif. Pourquoi as-tu voulu donner cette image de toi ?

— Je voulais lui plaire absolument, et tout est mieux que moi, me semble-t-il. Résultat : il a critiqué mes fringues et cela m'a blessée.

— Comme si c'était toi qu'il critiquait ?

— Je suis ce que je porte, enfin, il en a toujours été ainsi, et à mesure qu'il me parlait je m'éloignais de moi, de ce que je portais. Je me dédoublais.

— Tu es tombée amoureuse ?

— Quand le contenu devient plus important que l'enveloppe, c'est que l'on est amoureux ?

— C'est que l'essentiel a gagné la partie... Tu n'es pas bien en jogging ?

— Je ne cherche pas à te séduire.

— Tu es tout de même très séduisante. Tu me regardes comme si je me fichais de toi. Je ne me fiche pas de toi, je te dis la vérité : je te préfère ainsi qu'avec tous tes falbalas !

— Je ne suis pas prête à risquer le jogging devant Dieu.

— Tu gagnerais du temps. De toute façon, tu fais l'épouvantail pour en arriver là, non ?

— Je suis en morceaux, mes fringues ont longtemps été mes pansements, sans elles je suis une momie à qui on a ôté ses bandages, et pourtant j'ai l'impression que le moment est venu.

– Tu fais peur aux hommes. Tout est trop : trop voyant, trop femme, trop parfait ou trop ridicule, c'est pareil ! Dieu a eu peur d'être roulé dans la soie, entortillé dans du pashmina ! Garde un bout de lapin rose accroché à ton sac, si ça tourne au vinaigre tu pourras toujours dire que c'est à cause du rongeur.

– Il va partir ?

– Ne rêve pas... ils ne partent pas tous...

– Il y a tellement de radins, de narcissiques, de chaînes en or, de pochettes et de sacs à bandoulière, de costumes Smalto ou Renoma, de cheveux lavés au shampooing sec qui fait éternuer, et de joues aspergées à l'eau de toilette Jean-Marie Farina ou à la lavande Yardley qu'il vaut mieux les avoir en photo sur la table de nuit.

– Dieu ne fait pas partie de ces familles-là ? Tu verras, bientôt, comme tout le monde, vous vous balbutierez des banalités à l'oreille...

– Comme tout le monde ? Comme toi aussi ? Elle est revenue ?

– Oui.

– Et tu ne me le dis pas tout de suite ? Tu ne crois pas que c'est à cause de la nouvelle coiffure, la barbe naissante et l'écharpe bleue ?

– C'est à cause de la nuit passée avec toi, elle l'a senti.

– Dieu aussi a senti le danger. Tu as vu comme c'est drôle, ils ont rappliqué tous les deux en même temps... Mais Dieu ne rappellera pas.

– Il rappellera, et la prochaine fois tu y vas comme ça. Il aura l'impression que tu as renoncé à le séduire et il s'affolera.

– Aller à sa rencontre en jogging gris à capuche noire !!! Je n'oserais pas. Il ne faut pas exagérer... Sans se montrer en topless, le derrière serré dans une jupe en stretch, il faut tout de même trouver un compromis. J'ai une idée : viens avec moi dans mon placard, tu verras, c'est construit un peu comme une ville, il y a un cimetière, un musée, un grand magasin, une réserve... Tu m'aideras à trouver la robe capable d'appâter un professeur de médecine ; après tout, tu es professeur aussi, vous devez fonctionner de la même façon.

Dieu le vrai, celui du Paradis et de l'Enfer. Dieu le faux, celui de Lamorlaye et de la Salpêtrière

Il suffit d'attendre l'appel d'un homme pour qu'il n'appelle pas. Banal, toutes les femmes le savent. En cela les téléphones ressemblent aux bouilloires : regardez-les, elles tarderont à siffler.

De là à conclure que les réactions masculines sont similaires à celles d'une batterie de casseroles, il n'y a qu'un pas à franchir. Je le franchis : les hommes sont dangereux quand ils chauffent, et ennuyeux quand ils refroidissent.

Enfin, si j'avais pu inventer la robe à inspirer la sonnerie du téléphone, je serais heureuse aujourd'hui.

Rien n'est plus idiot qu'être amoureuse toute seule. C'est idiot, quoique plus simple et plus sûr. À deux, les choses se compliquent et finissent par lasser. Je me repasse la scène du premier regard et tout repart : la robe de Cendrillon avant minuit, les pincements de cœur, la bouche qui s'entrouvre, comme au cinéma.

La première fois que je suis tombée amoureuse, j'ai avalé tout le rayon fringues printemps-été de la Samaritaine. Claquer du fric, c'est ma façon à moi d'exprimer ma joie d'aimer et la peur de ne pas être à la hauteur. On était en avril, j'ai frôlé l'emprisonnement pour chèque sans provision. J'avais dix-huit ans.

Alors que j'étais tranquille dans la vie entre mes portemanteaux et mes inconnus, me voilà hantée par Dieu et cernée par un philosophe qui, je le sens bien, n'approuve pas cette passion pour la fripe. Pour eux, les fringues ne sont pas sérieuses, alors que je les aime justement parce qu'elles ne le sont pas. Il m'aurait fallu Freud ou Baudrillard comme voisin de palier. Rien n'est sérieux mis à part la façon de combler le vide en attendant la mort, et pour cela la couture vaut autant que la science et la littérature.

Pourquoi me justifier ?

Je déteste en moi ce besoin d'être approuvée, je déteste mes lâchetés, mes contradictions, alors qu'en me déguisant je ne cesse de provoquer les autres et de leur lancer un défi d'amour : aimez-moi même masquée, aimez-moi assez pour m'enlever le masque.

Vouloir être aimée, est-ce un défaut ou une faiblesse ? Quelle est la différence entre un défaut et une faiblesse ? Une faiblesse serait-elle un défaut excusable ?

– La coquetterie est un défaut.

– Se battre pour rentrer au Club des 100, une faiblesse.

– Intriguer pour être invitée à Lamorlaye, une faiblesse.

– Fréquenter les puissants, une faiblesse.

– Écrire pour être aimé, une faiblesse.

– Le glamour, un défaut.

– Être dépensier, un défaut.

– Aimer attiser la jalousie, un défaut et une faiblesse.

Bref, on pardonne plus aux intellectuels qu'aux amateurs de fringues, on leur pardonnerait même leurs contradictions.

Pourtant si je prétendais avoir une fonction : être une sociologue du vêtement, ils se méfieraient, les autres, avant de me descendre. Les titres intimident, même s'ils ne veulent rien dire. Comme en médecine, il vaut mieux être spécialiste que généraliste, il vaut mieux être un collectionneur de souliers ou de robes de Poiret qu'aimer toutes sortes de fringues, ça fait plus sérieux.

D'ailleurs, c'est quoi, les autres ? Un monstre informe, un pré toujours plus vert, un mirage, une cuite sans euphorie, un amour impossible. Les autres m'ont fait pleurer plus que l'inconnu numéro 6 qui avait une voiture bleu métallisé.

Je me sens à la croisée des chemins, au moment où les femmes se mettent à croire aux astres et consultent les voyantes.

Deux voies s'ouvrent devant moi : la première est une paisible promenade entre les boutiques du Marais ou de Saint-Germain-des-Prés. Avec les beaux jours qui apparaissent, les vitrines offrent leurs nouvelles coupes de vestes, de pantalons, la nouvelle gamme de couleurs. J'ai besoin de me vêtir comme une blonde, j'ai besoin de couleurs acidulées, de rose tendre et de bleu ciel ; les couleurs réservées aux brunes, l'orange, le citron, l'éventail des agrumes, ne me conviennent pas. Les tons et les longueurs m'attristent, j'ai besoin de pantalons raccourcis ou ajourés, et je me précipite sur un quarante-sixième pantalon noir parce qu'une invisible surpiqûre au fil blanc borde un ourlet qui le différencie des autres. Une fille bien, je sais, évoquerait plutôt le bonheur de se promener à Venise, dans les musées, ou dans les forêts, mais je préfère la mode à l'art, et même à la nature. Et puis, l'homme qui a pris votre cœur ne vous enlève pas que les fringues, il vous ôte aussi les arbres, les Caravage et les Botticelli, les odeurs, les saveurs, les moissons, les campagnes, la nuit et le jour.

Il suffit de choisir la seconde voie, la voie glissante, le toboggan, et là, plus rien n'existe que la nuit, que ses bras, que son odeur, que ses soupirs. Les fringues deviennent des attrape-cœur, des attrape-corps, des servantes de l'amour.

Est-ce Dieu qui m'a donné ce désir, ou bien est-ce mon désir qui a inventé Dieu ?

Dieu a emporté de moi quelques images, quelques informations fausses et déplorables, un boléro en lapin rose de chez Dolce y Gabbana, et, avec l'ordinateur qu'il a dans son cœur et dans sa tête, il analyse tout ça ; le rongeur va être difficile à digérer ; Dieu décidera l'esprit clair, la chair maîtrisée, dominée, vaincue, dépassée, la chose devenue molle et endormie. Les hommes débordés sont de piètres amants, le sexe demande du temps.

Dieu n'appelle pas. Dieu doit réfléchir, assis en haut du toboggan de l'amour. Il hésite.

Neuf femmes sur dix se laissent glisser sur le toboggan de l'amour, elles sont intrépides, tant pis pour la pente et les échardes qui déchirent le cœur et les petites culottes en dentelle. Pour elles, l'amour, c'est la pile du lapin Duracell : sans passion, le lapin ne se tortille plus, il ne tape plus sur son tambour, il se fige mortellement.

Dieu pense comme un homme puisqu'il en est un.

Il a peur d'être trop heureux, il faut un certain courage pour accepter le bonheur, il a peur de risquer de ne pas l'être sans elle, il a peur de la pente, des clous qui déchirent les caleçons, des douleurs dans le bas-ventre loin d'elle, de la respiration saccadée avec elle ; il a peur du sentiment d'immortalité qui bouscule l'ordre des choses quand on aime, parce que, malgré l'étrange fourrure, il a entrevu quelque chose de sérieux, un je-ne-sais-quoi de différent, d'infime, comme une nuque, un geste, une hésitation qui fait que tout bascule, que le cœur étriqué s'ouvre à la vie, et Dieu ne sait plus s'il lui faut écouter le chant des sirènes ou bien se réfugier derrière une hypophysectomie, une hypoplaquettose, une tomographie par émission de projection, des calculs, des radios, des scanners, ces imageries par résonance magnétique qui fournissent tant de détails sur la structure interne des organes et des tissus et qui l'empêchent de penser à moi.

Dieu évalue le temps que je vais lui dérober, et l'intérêt d'une nuit d'amour par rapport à une nuit à étudier la température du stimulus ou la section para-sagittale d'un cerveau de chat. Il a peur du courant, du torrent, il sait que l'attirance se loge quelque part dans le cerveau, mais il ne sait pas où, il ne sait pas pourquoi non plus, ni pourquoi moi plutôt qu'une autre plus convenable d'apparence. Son professeur lui a enseigné la complexité des combinaisons chimiques et la subtilité de nos états d'âme quand tout cela se conjugue : confrontation entre l'émotif et le cognitif, entre l'émotionnel et l'instinctif, entre les sentiments et la pensée, entre la bouillie confuse des uns et la rigueur sèche des autres, entre le flou et le droit. Entre la robe et le tailleur. Comme en couture.

Tempête dans sa tête.

Dieu a peur de ce qu'il ne comprend pas.

J'ai peur de ce que je pressens.

Devant ma montagne de fringues fraîchement cueillies au Bon Marché, devant ces kilomètres de tringles en métal, je me suis agenouillée et j'ai prié ; j'ai juré à Dieu, le vrai, celui du Paradis et de l'Enfer, que Dieu – le faux, celui de Lamorlaye et de la Pitié-Salpêtrière –

n'était pas un caprice et qu'il ne finirait pas au cimetière comme une robe démodée, ni numéroté comme
un vulgaire inconnu.

J'ai juré à Dieu que si Dieu – le petit – se laissait
aller sur le toboggan de l'amour, je le recevrais bien,
je ne porterais plus de capuche rose pour lui faire peur,
je jetterais tout Dolce y Gabbana et que, s'il m'aimait
plus que l'artériographie cérébrale, la tomoscintigra-
phie, alors je n'aurais plus besoin de taffetas, de soie,
de broderies sur le revers de mes manches pour me
rassurer.

Les mains fermées sur mon visage, la voix étouffée
contre les paumes, j'ai prié :

– Dieu le grand, pardonnez mes achats de chez
Dolce y Gabbana, Donna Karan, Burberrys, Cerruti,
les manches à gigot, le trench ailé de Viktor et Rolf,
le trompe-l'œil de Clément Ribeiro, les classiques aux
finitions trash de Persons, et faites qu'il m'aime plus
que la science.

Je suis restée là, recroquevillée en face de mon
placard à prier, prête à les sacrifier, à jeter la saharienne d'YSL et toute la bande au nom de l'amour
du Dieu Professeur, comme du Dieu du Ciel, et de
Jésus son fils. J'avais l'impression que cela ne lui
suffisait pas. Alors, j'ai bondi dans la salle de bains et
je me suis savonné le visage pour que se dilue le
maquillage. J'ai ôté mes vêtements et je me suis ras-
sise, sur mes talons, pour qu'il n'y ait plus aucun

artifice entre Dieu du Ciel et de l'Enfer et moi et qu'il perçoive ma vérité.

À seize heures, la sonnerie du téléphone a retenti.

J'étais nue, sans fringues, et si c'était Dieu de la Salpêtrière qui appelait ?

Un philosophe dans le placard

La sonnette de la porte...
Dieu, si c'était Dieu ?
Impossible, nous sommes dans un livre, pas dans un film.

Il est seize heures trente, c'est le philosophe ; ponctuel, forcément ponctuel. Je suis nue, je suis en cours de préparation comme les mannequins de cire dans une vitrine.

J'ouvre ma porte d'entrée, je laisse entrevoir une épaule, à peine, je dis au philosophe de m'excuser deux minutes, le temps de passer un truc, sans réfléchir, juste pour me couvrir.

Trois minutes plus tard, il est toujours là, calme, adossé contre le mur du palier, en train de lire *Le Monde*. Les intellos savent attendre, ils ont toujours un livre, un journal plié dans leur poche déformée, forcément.

– Qu'est-ce que tu fabriques toute nue ?

– Je prie.

– À quel Dieu t'adresses-tu ?

Le ton est ironique et je lève les yeux au ciel pour lui signifier qu'il s'agit du Tout-Puissant, pas du professeur.

– Ah !..., dit-il, comme s'il y avait une corrélation entre s'adresser nue à Dieu tout-puissant et s'adresser entortillée de vêtements compliqués au Dieu professeur.

Et pour confirmer mes suppositions, il s'empresse d'ajouter :

– Tu as peur des hommes.

– J'ai raison, non ?

– C'est pas mal d'avoir un peu peur, ça pimente l'affaire, je préfère que tes bouts de tissu, si jolis soient-ils, ne soient pas des boucliers.

– Des fausses pistes, simplement.

– T'es une drôle de fille, quand même. Pourquoi donner une fausse piste à l'homme par qui tu veux être trouvée ? Heureusement qu'il ne t'a pas aimée en lapin jaune... tu imagines la tragédie ! Darling condamnée au lapin jaune à vie...

– C'était du lapin rose.

– Excuse-moi. Qu'est-ce que tu veux de moi, au juste ? Je ne suis pas couturier, ni modiste, ni visagiste, je peux juste te donner raison avec Baudelaire, avec Brummell, et tort avec La Bruyère, et te dire avec bon sens : « Essaie d'être toi-même », si tu ne plais pas, on

214

se fera des spaghettis tous les deux chez moi et on essaiera d'en rire...

— Écoute, tu es un homme, comme lui, un professeur, comme lui, aide-moi à trouver la robe qui le fera craquer.

— Le regard de l'autre, toujours...

— Oui. Le regard de l'autre uniquement. C'est ce regard qui m'habite et me rend vivante. Moi, je ne compte pas. Je me sens vide en dedans ; « être soi-même », je ne sais pas ce que cela veut dire. Sauf que s'il m'aime, je pourrai m'aimer et me détacher de mes fringues.

— Écoute, chacune de tes apparitions sur ce palier minable a été pour moi une gifle à la banalité. J'ai admiré ta chance et ta force de n'avoir aucune justification à fournir d'être libre, oui, d'être à toi seule une magistrale leçon de liberté. Un soir tu étais une Marie-Antoinette junkie, un autre une Mata-Hari romantique, une Indienne sur le sentier de la guerre, une fée ailée et pailletée, et moi je croyais que le mec que tu préférais était celui qui allait le mieux avec ta robe ! Tu ne vas pas rentrer dans le rang, porter des robes noires à bretelles, devenir sentimentale pour un vulgaire professeur de médecine qui se fait appeler Dieu ! En fait, tu es un incroyable mélange de futilité et de...

— Désespoir...

Là, je réprimai une chose triste que je n'aime pas montrer, qui passe parfois dans mon cœur et qui doit se lire dans mon regard, et je dis au philosophe :

– Je préfère les fringues à la psychanalyse, je préfère couvrir plutôt que creuser. Dieu a été affolé par le lapin rose, il a enjambé sa Vespa et s'est carapaté. Je te demande de m'aider à cerner les goûts d'un professeur. Moi, je connais les snobs, les excentriques, les créateurs, les noceurs, les junkies, les vendeuses de chez Chanel et du Bon Marché, les rouleurs de mécaniques et quelques pouffiasses, mais je ne connais pas les fantasmes d'un type qui a passé vingt ans de sa vie à étudier le déterminisme en biologie, l'existentialisme sartrien, l'idée kantienne de la liberté. Dis-moi si l'immobilité, si les lignes que l'on trace, celles que l'on ingurgite développent la libido, dis-moi quelles sortes de fantasmes naissent de la définition de l'homme comme un néant. Parce que moi, dans mon placard, cette idée ne me quitte jamais. Pourquoi Dieu est-il toujours habillé pareil, pourquoi ne dit-il pas ce qu'il ressent ? Est-ce qu'à trop étudier l'horizon ne se raccourcit pas ? Regarde, toi, tu cogites sans arrêt et tu rancis comme un croûton tous les soirs devant ton plat de nouilles au ketchup. Alors moi, quand je vais te voir, j'ai peur d'arriver en Cléopâtre ressuscitée par Sarah Bernhardt. J'aurais plutôt tendance à choisir des charentaises et des mi-bas Dim transparents pour ne pas choquer. Sans en arriver là, aide-moi à trouver la robe qui fera fantasmer un professeur de médecine sans l'effrayer. L'affaire ne se présente pas bien, il a peur, je ne dois pas être trop évidente non plus. Laisse-moi juste une faute de goût, une folie, un alibi en cas d'échec...

— Le lapin bleu.

Nous étions encore dans l'entrée de mon petit appartement, une espèce de sas impersonnel pour facteurs et livreurs dans lequel je ne laissais apparaître aucun indice de mes passions vestimentaires, excepté un mur rose indien façon Warhol sur lequel étaient accrochés quelques chapeaux en feutre et en paille qui pouvaient les laisser présager.

N'était-ce pas une erreur d'emmener un philosophe dans mon placard ? Après tout, il n'était pas psychiatre, n'avais-je pas tendance à accorder trop vite ma confiance, comme si n'importe qui pouvait me venir en aide dans la confusion qui m'habitait ?

— Alors, me dit-il, on y va ?

En le faisant entrer, je risquais de perdre un ami, un ami raisonnable, le seul homme capable de dormir avec une femme en respectant ses réticences, un agrégé de philo et de lettres anciennes, le seul agrégé que je connaisse, et cela m'épate, même si ça ne sert à rien. Alors, je lui ai dit que je faisais sûrement une bêtise, qu'il était le premier homme...

— Elles disent toutes ça...

— Non, pour de vrai, jamais avant toi je n'ai fait entrer un homme dans mon placard. Je suis dingue, mais pas à ce point... Ils auraient peur et partiraient en courant.

— Malgré mon écharpe et ma vue basse, il m'arrive de temps en temps de pénétrer, sans jeu de mots, chez des femmes... Je connais leur univers. Les crèmes dépilatoires sur le rebord d'une baignoire, les bodys accrochés au radiateur et les vernis à ongles renversés sur la table de nuit...

– Rien de tout ça... Considère que tu n'as rien vu, qu'en matière de fringues, tu es puceau... Ne ris pas... On y va, tant pis, ai-je dit.

Et j'ai ouvert toute grande la porte de mon antre devant le philosophe et moi.

Après un silence inquiétant, un cri de Sioux, un cri que j'avais oublié depuis la cour de récréation de l'école, une sorte de hurlement prolongé que poussent certains chiens, certains loups quand ils sont en danger, le soir, dans la forêt. Bref, un cri inattendu pour un homme, philosophe de surcroît.

Le philosophe s'est gratté le menton avec une nervosité très grande, puis il s'est ébouriffé les cheveux ; il n'avait plus l'air d'un mec qui s'est enfermé des années pour étudier Spinoza, Steiner et Heidegger, non, plus du tout l'air d'un mec qui donne des conférences sur « la métamorphose de la conscience humaine dans l'art de la Renaissance italienne au passage de la quatrième à la cinquième époque post-atlantéenne » à la Sorbonne, mais d'un noceur, d'un homme qui se shoote à tout ce qui se fume.

Hurluberlu, le mot convient. Il était devenu soudain une personne extravagante qui pousse des cris inconsidérés.

– J'ai eu tort, je te demande pardon, mais c'est ta faute, tu vois, tu joues les gros bras, les mecs qui ont tout vu, je n'aurais pas dû te croire. Ça, tu ne l'avais encore jamais vu, n'est-ce pas ? Maintenant, au point où tu en es, il ne faut pas partir en courant. Imagine que ma garde-robe est une femme après un stade de flirt avancé, c'est malpoli de se défiler. Même si tu viens de découvrir que ses seins sont en plastique et sa bouche en silicone, il faut assumer. À la guerre comme à la guerre ! Tu ne dois pas la décevoir. Parle-lui...

— Quoi ? Tu veux maintenant que je parle à ton placard ? C'est absurde.

— Mon placard comprend tout. C'est un spécialiste de l'âme humaine, un caméléon, il peut se transformer en ce que tu veux. Tu ne peux pas savoir comme on s'est amusés et les tours que l'on a joués ensemble... En fait, je te présente mon meilleur ami.

— Et tu crois que l'habit fait le moine ?... Qu'il suffit de jouer la comédie pour qu'elle finisse par devenir réalité ? Faulkner a passé sa vie à se tromper !

— Il n'y a rien de Faulkner ici. Par contre, j'ai des ensembles de Ferré, Ferragamo, Fendi, Fortuny, Fath, et deux nouveautés de Marianne Faithfull et Tom Ford.

— Mais... mais c'est hallucinant. C'est un magasin !

— Bien vu. Cette pièce-là s'appelle le magasin parce que je ne stocke ici que les choses que je n'ai pas encore portées. C'est une pièce essentielle. Je ne sais pas comment on peut s'habiller sans un soupçon de nouveauté.

– C'est incroyable ! Je ne pouvais pas me douter que la succursale des Galeries Lafayette était en face de chez moi.

– J'ai encore deux autres pièces. Viens, je t'amène au cimetière !

– Un cimetière ?!

– Je n'ai jamais tué personne, il s'agit du cimetière des fringues, celles qui m'ont offert des bons moments, alors je les canonise, tu comprends, elles ne doivent plus jamais servir, elles appartiennent à un homme, à un temps. C'est ma façon d'être fidèle. La fidélité occupe un rayon de ma fringothèque, comme toi tu as une bibliothèque. Tu vois, c'est dans ce petit fauteuil niché sous un ciel de jupons que je m'assois quand j'ai envie de revivre un souvenir amusant ou émouvant. Regarde comme tu es, tout raidi, tu marches comme sur des œufs avec des godasses de ski... Je me demande si dans la vie tu n'es pas un cancre...

En fait, mon philosophe vacillait. Je lui tendis ma précieuse chaise à méditation sur laquelle il s'affala en me demandant un verre d'eau.

Les lumières d'un philosophe

Dans ma cuisine, je lui réchauffai le café de la veille et quand je revins, une tasse à la main, le philosophe s'était repris.

— Alors, tu as lu Jules Renard ? questionna-t-il doctement.

— Renard ? Non, mais j'ai des fringues de Rabanne, de la Renta, Ricci, Rochas, Rykiel, Rodier, Révillon...

— Jules Renard, dans son *Journal*, parle aussi des « cancres de la vie », et en effet, devant ton placard, j'ai l'impression d'en être un !

— Viens, il y a encore beaucoup à voir. Il y a le musée, la fringothèque des classiques – ma Pléiade –, le magasin. Il faut que tu voies mon labyrinthe entier pour me conseiller. Promène-toi comme au Louvre ou à Orsay, regarde tranquillement. Je t'autorise même à toucher. Puis pense que tu es un homme, oublie le philosophe, ferme les yeux, imagine que tu as rendez-vous avec une femme... Comment voudrais-tu la voir arriver ? Voilà la vraie question. En jupe, en pantalon ?

En executive woman version *Dallas*, en citadine sous influence ethnique, en bobo, en coucou ?

– Je ne sais pas ce que veulent dire ces mots.

– Tu n'as jamais lu *Elle* ou le *Figaro Madame* de ta vie ?

– Ne m'attaque pas, c'est déjà assez compliqué comme ça ! Les filles que je connais portent des pantalons noirs ou des blue-jeans, me semble-t-il, des T-shirts et une veste noire par-dessus, un anorak noir en hiver.

– Quelle sinistrose ! Pauvre amour, tu n'as jamais connu une femme qui porte des trucs simples mais pas débiles ! Tu n'es jamais sorti avec une femme vêtue d'un manteau long transformable sur une veste croisée, semi-structurée, en camel naturel, un pull ras du cou réversible en cachemire beige ? Un top-corset dont les bretelles en Nylon nid-d'abeilles sont croisées dans le dos et une jupe en organsin zippée sur le côté, un ensemble Highlander en tartan mélangé ?

– T'as pas un dictionnaire ?

– La description demande un peu d'érudition, mais les filles ne commentent jamais ce qu'elles portent, dès le premier coup d'œil, ça a l'air simple. Tu n'arrives pas en énonçant tout ce que tu as dans la tête, la sculpture paléochrétienne et les sarcophages en relief ! Tu ne dis pas que tu es capable d'être torturé par Cimabue et Giotto cinq siècles après ! J'ai jeté un coup d'œil sur tes livres de chevet !

— Je n'ai jamais rencontré personne portant des bretelles en nid-d'abeilles ou du tartan mélangé.

— Et des plumes et des vêtements de récup, des esthétismes simples, contrastés, des formes souples, épurées, tout en dissonances harmoniques qui font entendre une nouvelle manière d'appréhender le monde, en dépit d'une volonté manifeste de discrétion ? Tu comprends ? Tu es fait pour sortir des filles habillées en Jil Sander.

— Jil Sander, ça ne me dit rien.

— Ne t'en vante pas, c'est grave. C'est notre époque, plus que Dürer.

— Sander, c'est un pseudo ? Comme Sand pour Aurore Dupin ?

— J'en sais rien. L'important c'est ce qu'elle crée, non ? Qu'elle invente des formes nouvelles pour que les femmes soient plus belles. Bon, ne t'éparpille pas. Concentre-toi. Un médecin, un professeur, ça manque d'imagination, non ? Ne vaut-il pas mieux lui faciliter la tâche, lui mâcher le travail et que je me présente avec un décolleté plutôt qu'un col roulé ?

— Pas trop décolleté.

— Pourquoi ?

— Il peut avoir peur.

— Alors, procédons par élimination : pas d'excentricité genre lapin rose, pas de décolleté... Tu préconises quoi ? La robe de collégienne ?

— Je cale. Je n'en sais rien, je ne sais même plus comment s'attifent les filles normales.

– Comment s'habille ta petite amie ?

– Je ne me souviens pas, je sais seulement que ça ne se remarque pas, mais que c'est difficile à enlever.

– Elle doit porter des jeans une taille au-dessous. Erreur ! C'est complètement plouc de se boudiner ; quant à se tortiller, en appeler à ton aide pour tirer sur un ourlet... c'est plutôt ridicule ! On n'a rien inventé de mieux qu'une jupe pour le flirt, non ?

– Ces choses-là doivent être spontanées. Si, avant chaque rendez-vous, tu dois effectuer une étude sur le goût, un sondage sur le désir masculin, un mémoire sur les fringues et l'attirance sexuelle qu'elles suggèrent, je te souhaite du courage !

– Il faut bien que je choisisse un vêtement : s'il me rappelle, je ne vais tout de même pas aller le voir à poil ! Choisir, c'est aussi éliminer. Décide à ma place, et quoi qu'il arrive, je mettrai ce que tu me conseilles.

– Je vois... Et si Dieu n'est pas aussi prévenant que tu le souhaites, ce sera ma faute et pas la tienne ?

– C'est une bonne idée, non ?

– Emmène-moi au magasin. Passons sur le choc sociologique que je suis en train de subir. Si j'étais sur Mars et que j'avais rencontré la garde-robe d'un Martien, je suppose que je serais dans le même état émotionnel : dilatation pupillaire, déhiscence, cardiopathie valvaire, je suis à la limite du raptus.

– C'est quoi, ce truc-là ?

– Un déséquilibre résultant d'une impossibilité d'adaptation à une situation nouvelle. D'où un comportement paroxystique, un état de confusion, de stupeur et de régression aiguë, voire un délire.

– Raptus ? Rap ? Rapper ? Alors vive le raptus, on va enfin s'amuser. Alors, mister Raptus, soyons un peu sérieux : comment dois-je m'habiller pour retrouver Dieu ?

– Tu te fous des bas résille noirs, un porte-jarretelles, une jupe fendue jusqu'au... tu m'as compris, un top, comme tu dis, qui fait déborder les seins.

– Mais tu es un malade grave, tu es en train de me décrire l'accoutrement d'une pute de bordel à Berlin dans les années soixante ! Une honte ! Même place Dauphine elles sont en Prada. On n'en trouve plus des comme ça. Moi qui pensais qu'un philosophe me donnerait des conseils raffinés, j'ai l'impression d'avoir affaire à un camionneur.

– Écoute, crois-moi, c'est assez simple, un homme. Commence par le faire bander, et après tu pourras attaquer avec tes couturiers, le mouton vert, le sanglier rose, les pots de chambre sur la tête, il trouvera tout formidable ! L'important, c'est de le faire bander... Darling, il faut que je te laisse, je dois écrire un papier sur les lois qui commandent aux phénomènes visuels : pourquoi le jaune donne-t-il un sentiment enjoué et le bleu une impression de tristesse ? Pourquoi notre œil produit-il du rouge si on lui montre du vert et *vice versa* ? La théorie de Newton ne peut répondre à ces questions puisqu'elle part de l'hypothèse que toutes les couleurs sont déjà contenues dans la lumière blanche.

– Et si je m'habillais en blanc ?

– Tu transporterais avec toi toutes les couleurs, selon Newton ; mais selon Goethe, au contraire, les couleurs naissent par la rencontre, par le dialogue entre la lumière et l'obscurité : elles sont « les actes et les souffrances de la lumière ».

– Si je comprends bien, selon Newton je devrais m'habiller en blanc, selon Goethe en noir et blanc, et selon toi en putain !

– Laisse-moi aller rédiger mon papier sur le lien entre le clair-obscur et la couleur, et je reviendrai t'apporter quelques éclaircissements sur la question.

– Je ferais mieux de rédiger ton papier à ta place, sur ce rayon j'en sais plus que toi. Écoute, désolée pour Newton et pour Goethe, mais le noir comme le blanc sont à bannir : le blanc parce que ça fait celle qui brûle les étapes, et le noir parce que ça fait celle qui les devance. L'un comme l'autre sont une catastrophe ; ensemble c'est pire : le blanc et noir ça fait Courrèges ! Je paye un cornet de frites à la fille capable de susciter un amour habillée en Courrèges ; le côté damier, géométrique, up and down, black and white, ce n'est pas sexy ! Quant à l'impression de tristesse que dégage le bleu et la clarté excessive que dégage le jaune, je suis d'accord. Simplifions, oublions la couleur. J'attends de lire ton papier avant de décider, concentrons-nous sur la forme. Je pense qu'il me faut une jupe ample, surtout pas serrée.

» Le haut doit être près du corps, il doit souligner le buste, la taille, la poitrine. Il faut des boutons, pour le suspense. Les deux-pièces sont préférables aux une-seule : la robe qui se tire par les oreilles et qui décoiffe au passage est à éliminer ; la jupe doit s'arrêter au genou – au milieu du genou –, surtout pas trop au-dessus, pas trop au-dessous non plus : trop austère dans un cas, trop provocante dans l'autre. Le milieu du genou est une invitation masquée, une porte entrouverte, un amuse-gueule.

» Les bas sont à jarretelles ou autocollants ; un must : de couleur chair. Les bas noirs et les bas colorés sont à proscrire. Il s'agit de peau, pas de funérailles ni de carnaval. Ces bas sont fins, huit deniers si possible, ils crissent sous les doigts, doivent filer sous les caresses.

» Les souliers sont des escarpins en peau légère, ils collent au pied, le dessinent presque, comme un gant, ils le tiennent, le caressent, l'enveloppent sans jamais le blesser. Le talon est de six centimètres, maximum. Les hommes aiment les femmes, pas les perches. Six centimètres suffisent à creuser une chute de reins, l'intérêt est de soulever le bas pour cambrer le haut : bomber les fesses, souligner la taille. La poitrine apporte le contrepoids à tout ce bazar-là, le sex-appeal, c'est une question d'équilibre. Le reste importe peu.

Une jolie silhouette, c'est des proportions, pas une hauteur.

– Je me demande pourquoi tu me demandes mon avis ! J'ai la tête qui tourne avec toutes ces précisions, je ne vais jamais parvenir à parler « des effets physiques, psychiques de la couleur », je suis tout chamboulé à cause de toi.

– Tu seras meilleur que tu n'as jamais été, tu vas enfin mettre un peu de chair, un peu d'émotion dans tes articles. Au *Point*, on ne va pas comprendre ce qui t'arrive ; appuie-toi sur mon placard, sur du concret, du réel, tu vas leur en boucher en coin.

Avant de disparaître, sur le palier le philosophe a passé la tête dans l'entrebâillement de la porte et il m'a dit :

– Darling, je me demande si ce n'est pas l'amour que tu aimes plus que tout, plus que les fringues.

– Puisqu'on en est à se confier les choses importantes de la vie, il faut que je te dise une chose capitale : tu ne dois pas porter de chaussettes avec tes derbys !

« La vraie fleur, c'est toi »

Je l'attendais près du téléphone.
Il est venu par Interflora.
Jamais je n'aurais pu croire que six petits mots griffonnés à l'encre noire sur un bristol me bouleverseraient à ce point : « La vraie fleur, c'est toi. » L'amour apprend que ce qui fait mal peut faire du bien.
Les fringues ne font que du bien, sauf quand ma taille est manquante.
Dans mon placard m'attendaient un costume de bain en polyamide et polyester stretch gaufré de chez Anti-Flirt et un serre-tête Repetto achetés aux Galeries Lafayette. Je ne partais pas en vacances dans les îles, mais un maillot et un paréo pouvaient m'y emmener. Il était urgent d'essayer, une fois encore, de résister à Dieu et à ses mots.

Les fleurs ne portent pas de robes

« C'était écrit. » Souvent dans mon enfance j'ai entendu ce refrain. Les gens disent « C'était écrit » pour la mort et pour l'amour, comme si l'une et l'autre recelaient en eux une part de destinée. *Mektoub*, en arabe.

Mektoub, le mot me convient. Il y a peut-être des amours écrites. On le dit sans y croire, personne ne veut s'en remettre pieds et poings liés à la destinée. Chacun garde en lui une parcelle de volonté qui le différencie des paramécies. Et pourtant... *Mektoub*? Et si c'était vrai ? J'ai croisé tant d'hommes, pourquoi lui ?

Nous avions tous les deux déjà été liés par un serment, peut-être l'étions-nous encore, nous avions cru aimer et nous avions été déçus jusqu'à la misère des désillusions et du désir disparu.

Je m'éventais en marchant avec le petit bout de bristol blanc cassé, rainuré, tâchant, dans une inspiration, d'attraper un peu du parfum de son encre noire, peut-être même un peu de son odeur puisqu'il avait tenu ce papier cartonné quelques heures auparavant entre ses mains.

La vraie fleur, c'était moi, disait-il.

J'étais une rose, une rose rose, à la tige longue et sans épines, une rose ouverte aux pétales lourds, soyeux, parfumés, gonflés d'eau, de larmes, de vie et d'envie, et lui venait me cueillir là, à la fleur de l'âge, à fleur de peau, pour m'ouvrir, m'épanouir, m'arroser avant que je ne me fane et ne m'éteigne, un jour, dans pas très longtemps, comme une étoile dans le ciel. Parce que l'horloge du temps est gravée dans la chair, dans l'écorce des arbres, dans la pierre des planètes, dans ma conscience depuis la nuit où ma mère est morte, la nuit de ce chagrin qui m'a ouvert les portes de la liberté. Pourtant, sur les trottoirs des gens circulent, s'agglutinent en groupes, et moi je n'entends que leur rire, je ne vois que leur sourire et la forme et la couleur dont ils sont recouverts, j'aime que Dieu me tutoie quand il me parle et me vouvoie quand il m'écrit. J'aime cette distance de l'écriture. Cette réticence du « tu » écrit, tel un geste déplacé ou trop osé. Et je me sens conquise par le moindre des signes émanant de lui, par la boucle ronde d'une lettre onctueuse comme une caresse, par ce qu'il dit et ce qu'il ne dit pas, par ses certitudes et ses incertitudes. Je n'ai pas peur de me tromper, de croire à ce qui n'est pas, de me répéter ce qu'il a dit, d'imaginer ce qu'il a pensé, de continuer notre premier rendez-vous, indéfiniment, malgré mes erreurs de shopping. Je ne suis plus capable de freiner les élans de mon cœur. Je ne fais plus ce que je veux de moi et de mes fringues depuis qu'il est entré dans mes yeux et qu'il a pris place dans mon corps.

L'amour, c'est une affaire d'abordage, d'occupation du terrain, de stratégie guerrière, de complément, de compliments, de lieux, de places, de moments, de coïncidences, de mystère puis de frustrations, hélas.

Le temps qui s'ouvrait devant moi était celui des minauderies, du marivaudage, des convoitises muettes, des conversations dans la rue et dans les cafés, des palpitations, des premiers émois, des dévoiements, de la galanterie, de l'attirance irrésistible.

La vie devrait s'arrêter là, arrêt sur écriture, sur une porte entrouverte, sur le rêve.

Oui, le rêve est une vie à part entière, et tandis que je me réjouissais d'avoir échappé à la frustration de cette existence-là alors que tout m'y condamnait, la petite fille de ma rue réapparut, et soudain la vie prit une tournure de conte de fées.

– Qu'est-ce que tu tiens à la main ? me demanda-t-elle. Pourquoi tu n'es plus habillée en princesse ?

– Parce que je suis amoureuse, lui dis-je en m'éventant avec mon bristol.

– Je croyais qu'on s'habillait en princesse quand on était amoureuse.

– Ça dépend...

La petite fille tira sur la manche trop longue de son tricot. Nous étions presque habillées pareil : blouson en mouton retourné trop court sur pull trop long, pantalon taille basse nombril apparent, et Adidas, lacets défaits.

– Dommage, moi j'aime beaucoup quand tu es habillée en princesse.

– Je vais te donner plein de robes de princesse.

– Quand ? me demanda-t-elle les yeux grands ouverts comme dans les dessins animés.

– Bientôt.

– Parce que tu es devenue une fleur et que tu n'es plus une princesse ?

– Oui, c'est ça, c'est exactement ça. Mais comment le sais-tu, que je suis devenue une fleur ?

– J'ai lu le mot sur le papier quand tu t'es penchée. C'est beau... Tu as de la chance de recevoir des mots si beaux.

Sa voix

Peu après ma promenade, il a appelé. Il avait la voix d'un homme qui appelle une femme pour l'amour.

L'acceptation est dans l'intonation.

Le rendez-vous pour l'amour est bref, le désir se passe des mots. Le vocabulaire du désir, c'est un soupir, une respiration, une fatalité, une évidence, une capitulation, une abdication, la négation de tout ce qui n'est pas essentiel.

Nous nous rendons l'un à l'autre, puisque nous sommes vaincus. Dans mes rêves, mon corps a pris le pouvoir sur mes fringues. Les pulsions dominent. À son invitation, j'ai répondu :

– Vous croyez ?

Dieu a confirmé :

– Oui, je crois.

C'est son rôle. Il rassure avec des mots avant de réchauffer avec ses bras.

– Quand ?

– Dans six jours.

Silence, pendant lequel l'un et l'autre nous évaluons les six jours. Pour moi, six jours c'était la durée des collections. Soudain le même temps me sembla une éternité.

Je n'aime pas attendre. Mais les sentiments sont moins dociles que les fringues. Ils ne doivent pas être brusqués, personne n'est plus à vendre, mais à conquérir. Et pourquoi l'attirance pour un homme ne serait-elle pas d'une impérieuse nécessité ? Pourquoi ne pourrais-je pas dire à Dieu, comme à n'importe quel inconnu : « Je te veux, là, maintenant » ?

Je serre le combiné, je pose les lèvres mi-closes contre le haut-parleur. L'attente et le silence sont de rigueur.

Je préférerais parler, dire n'importe quoi pour le garder quelques secondes encore avec moi, je redoute le vide nouveau qui m'habite quand la tonalité monocorde comme un encéphalogramme plat succède à la chaleur de sa voix.

Le rendez-vous fixé, on a fini par raccrocher, et le vide s'est abattu sur moi et sur tout ce qui m'entoure.

Pourquoi cette douleur me fait-elle penser à celle du deuil ? Il a dit au revoir et un couperet est tombé... C'est le médecin qui vient me voir dans la salle d'attente et qui me dit : « C'est fini, il va falloir être courageuse. » J'étais jeune alors et ma mère n'était plus.

On ne peut forcer quelqu'un à aimer, on ne ramène pas à la vie une mère morte. J'ai honte de cette confusion des sentiments, honte que des événements aussi différents procurent des sensations aussi similaires. Pourquoi l'esprit est-il assez fou pour confondre l'attente et la mort ? Pourquoi le définitif peut-il être assimilé au provisoire ? Parce que rien n'est sûr. Dieu peut changer d'avis, je peux être paralysée par la peur, il l'interprétera négativement, comme dans un roman, je peux être écrasée par une armoire ou une voiture. La mort rôde toujours avant de frapper. Alors, toutes les attentes se ressemblent, toutes détiennent une part d'imminence et d'éternité.

Je déteste ces six jours. L'absence d'un vivant, c'est son choix, sa volonté, parfois son refus, souvent sa cruauté, sa crédulité. L'absence d'un vivant, c'est ma blessure, mon humiliation, mon échec et celui de mes robes.

Ma mère, elle, n'avait pas choisi de s'absenter, elle aurait voulu rester avec moi, continuer de s'inquiéter quand je traversais la rue, quand mon nez coulait. Elle n'a pas eu le choix, là-haut quelqu'un l'a tirée par la main et l'a emmenée.

Je ne veux plus que personne parte, pas même un homme, pas même au téléphone, j'ai peur de l'entendre dire au revoir ; au revoir, c'est comme adieu.

Il a dit : « À samedi. » J'ai raccroché sans répondre.

Les robes restent sur place jusqu'à ce qu'on les donne ou les vende. Elles ne se font pas la malle, sauf si on les y jette.

Je me suis levée, je suis entrée dans mon magasin et, la tête enfouie entre les plis de mes jupons, je les ai serrées, les bras grands ouverts, comme une mère de famille nombreuse qui veut en une seule étreinte attraper tous ses enfants. J'ai pleuré, je leur ai demandé de m'aider et j'ai eu l'impression qu'elles étaient au bout de ce qu'elles pouvaient m'offrir, que sur le registre de l'amour vrai, elles s'en remettaient à moi seule. Plus personne ne pouvait m'aider, et je ne suis pas ma meilleure amie, c'est bien là mon problème.

Elles pouvaient me déguiser en reine de la nuit, mes robes, en vendeuse de chez Chanel, en accro grave, en mendiante, en femme superficielle, en intello, en femme volage, mais l'amour transperce le jersey, la popeline, la soie, le shantung, le Nylon et même les lainages et le lapin rose ; elles pouvaient m'embellir, m'amincir, me réchauffer ; elles ne pouvaient pas m'aimer.

Elles demeuraient là, mes fringues, inertes en face de moi, bêtes à s'inscrire dans un camp de nudistes ou à être vendues rue d'Aboukir.

Chuchotements dénudés

Dieu à l'oreille de Darling :
– On t'a déjà dit « je t'aime » ?
Darling à l'oreille de Dieu :
– Oui.
Dieu à l'oreille de Darling :
– Dommage.
Darling à l'oreille de Dieu :
– On me l'a dit sans le penser vraiment.
Dieu à l'oreille de Darling :
– Et si je te le dis, comment sauras-tu que je le pense vraiment ?
Darling à l'oreille de Dieu, etc.
– Parce que je le souhaite si fort...
Dieu à l'oreille de Darling, etc.
– Et ça suffit ?
– Souvent. On n'est jamais trop longtemps amoureux de quelqu'un qui ne vous aime pas.
– Tu crois ?
– Oui. Parce que c'est insupportable.

238

– Et comment sais-tu que je vais t'aimer longtemps ?

– Parce que je crois à la réciprocité des sentiments.

– Tu pourras vivre dans un appartement normal, avec
six chaises, une table, un bureau, un lit, deux fauteuils,
un micro-ondes, un placard et dix costumes à deux ?

– Je serai fière d'être comme tout le monde... Je ne
sais pas cuisiner.

– Tant pis.

– J'ai raté mon baccalauréat.

– Tant mieux. Qu'est-ce que l'on va faire de tes
mille cinq cents paires de chaussures, de tes neuf cent
cinquante robes, de tes mille pantalons, de ta collection de T-shirts et de tes lapins de toutes les couleurs ?

– Je vais les donner à une petite fille qui habite ma
rue, au philosophe du palier, au Secours catholique,
et vendre le reste à Drouot.

– Donner des fringues à un philosophe ? C'est quoi
cette histoire ?

– Il y sera très sensible. Je t'expliquerai.

– On n'est pas obligés de l'emmener en déména-
geant ?

– Non.

– Darling, tu es sûre de ta décision ? Tu ne vas pas
me détester à peine séparée de tes fringues et de ton
philosophe ?

– Impossible.

– Je suis professeur de médecine dans un hôpital de
l'Assistance publique et pas à l'Hôpital américain, les

virées au Bon Marché, chez Chanel ou Ungaro, c'est fini. Cela ne te manquera pas ?

– Quand je suis dans tes bras, je n'ai plus envie de m'habiller.

Dieu (toujours) à l'oreille de Darling :

– Et quand tu auras un peu moins envie d'être dans mes bras ?

Darling (toujours) à l'oreille de Dieu :

– Jamais.

« Je veux dormir sans chemise, sans nuisette,
sans pyjama, sans culotte, sans tricot,
nue, nue dans ses bras »

Pourquoi donne-t-on vie à des objets inanimés ?
Pour combler un vide affectif ?

Si mes robes étaient vraiment des objets inanimés,
pourquoi ressentirais-je une telle tristesse au moment
de les laisser ?

Peut-on trahir une chose ? Abandonner une robe ?
Est-ce que, entre les fils des tissages, si serrés et subtils
soient-ils, ne se sont pas infiltrées d'autres choses que
de la laine, de la soie, du lin et des broderies ?

Comme souvent quand je suis triste, je plonge le
nez dans un de mes placards, j'ouvre grands mes bras
et j'attrape, j'enlace, je serre, je prends mes robes. Je
respire la fibre imprégnée de mon odeur mêlée à celle
des hommes aimés ou croisés.

Puis j'ai soulevé le plastique, j'ai retourné le bas d'une
robe en velours dévoré à la hauteur de l'ourlet et, avec
cette bande de tissu doublée de soie qui a effleuré mes
mollets, j'ai essuyé mes yeux. Mais la soie absorbe mal
les larmes, et mon Rimmel a taché l'étoffe.

Mes robes n'ont pas triomphé de Dieu.

Elles n'ont pas été assez fortes pour m'éloigner du rang, définitivement, pour me protéger de l'amour, de la maladie, de la mort.

Elles n'ont pas été assez belles pour m'étourdir jusqu'au bout, assez belles pour m'habiller, pour aller danser du soir au matin, pour tourner, tourner, pour m'amuser des regards incrédules sur mon tulle troué par mes talons aiguilles tant j'aurais dansé, puis j'aurais fini par tomber, saoule, épuisée, vaincue par un jupon, par ces volants qui m'entraînent, parce que les volants volent, ils veulent voler, prendre leur envol et m'emporter loin de ce monde des humains qui vont chez le dentiste, chez le fiscaliste, chez Darty, à la fac passer des examens, et à la mairie pour exister, s'épouser et mourir sous contrôle.

Je n'ai pas été à la hauteur de ces splendides étoffes, je me sens faiblir, capable de les trahir, je sens mon cœur et mon corps qui se révoltent et frappent à l'intérieur de moi pour vivre leur vie de chair, de souffrance et de mort.

La vie est venue me prendre sur une Vespa blanche. Avec son manque d'originalité, elle est venue me chercher pour m'emmener là où je ne voulais plus aller, et mes fringues, alignées comme une armée de petits soldats peureux, ont capitulé.

Dieu a vaincu mon armée.

Dieu est venu, il m'a détournée avec quelques mots à peine. Il m'a déshabillée d'un regard et ne m'a pas donné envie de me rhabiller ; j'aurais voulu demeurer le restant de mes jours nue dans ses bras, le nez coincé entre les plis de son cou, à le respirer, les mains nouées autour de sa poitrine, mes hanches contre les siennes, à effleurer son sexe d'avant l'amour, une jambe enroulée autour des siennes.

Je m'imagine, là, arrimée à lui comme à un radeau en pleine mer, accrochée alors que les vagues autour de moi se déchaînent et se fracassent, et que le vent souffle, et que mes robes sont emportées par la tornade et qu'elles coulent.

Les robes ne flottent pas.

Elles coulent, elles ne peuvent pas m'aider dans la tempête de mon cœur, elles ne peuvent pas me réchauffer. Rien ne réchauffe aussi bien que le corps d'un homme que l'on aime, qui enlace, écrase et étouffe.

J'ai eu peur des draps qu'il a tirés pour m'envelopper, peur qu'il parte et me laisse avec le lin blanc de la couverture de laine ou de cachemire, fût-elle recouverte d'organsin fleuri, d'un châle en alpaga torsadé et d'un dessus-de-lit au point Richelieu sur le revers duquel seraient brodées nos initiales entremêlées.

Je veux dormir sans drap, pas même de Dior ou de Portault, sans chemise de nuit, pas même de Sabbia Rosa, sans nuisette courte ou longue, sans caraco, sans pyjama chinois, sans culotte et sans tricot de peau Bensimon ou Petit Bateau, sans BO vissées dans le lobe de l'oreille, sans crème antirides et antistress, sans anti-rien du tout, sans baume pour les lèvres, sans goutte de lilas derrière une oreille : je voudrais dormir nue avec lui sur une plage, dans un pays chaud.

« Darling, je voudrais être ton amie »

– Darling, tu m'avais promis de m'emmener chez toi.

La petite fille de ma rue était là, en bas, à l'angle, elle m'attendait.

Il me fallut quelques secondes tant mon esprit était absorbé par cette part de moi qui rêvait de dormir nue dans les bras de Dieu, tandis que l'autre partie s'entraînait à résister à la première tentation aperçue à trois mètres de chez moi, en l'occurrence un bijou africain en perles, cousu sur un lien en cuir de chez Exotissimo.

Rien n'était gagné. Parviendrais-je à me désintoxiquer ? Cela me semblait plus difficile que d'arrêter de fumer.

L'enfant caressa l'ample revers en velours vert amande de ma veste rose et me dit :

– Darling, je voudrais être ton amie. Tu veux bien ?

Je la regardai, émue.

– Oh oui !

– Je ne suis pas trop petite pour toi ?

245

– Je me sens plus proche de toi que des grandes personnes.

– Pourquoi ?

– Parce qu'elles n'osent pas. Pas même demander à une autre grande personne d'être leur amie.

– Pourquoi ?

– Parce qu'elles ont peur d'être ridicules, peur d'aimer plus que l'autre.

– Nous, on ne sera pas comme ça ? On sera toujours des petites filles, toi et moi ?

– Oui. Ce sera notre secret. Et on continuera de l'être en cachette, même quand toi tu ne le seras plus.

– C'est super ! Darling, dis-moi si tu es riche.

Je ne pus m'empêcher de rire, puis je lui dis que oui, parce que je pouvais tout prendre, tout devenir, et que pour moi il suffisait de posséder une couronne en plastique et de la poser joliment sur sa tête pour qu'elle devienne une reine. J'étais riche, riche de tous ces moments d'exaltation où, vibrante, j'avais glissé sur ma peau une étoffe en mousseline de coton tissée main, des disques glacés d'aluminium martelés et tant de colliers en pâte de verre et perles.

J'avais abusé de ces sensations au point de ne rien regretter des heures qui passent. Toutes ces robes m'avaient construite, transcendée et lorsque les tenues se rapprochaient de la perfection, je ne marchais plus, je dansais.

– Tes robes sont magnifiques ! dit la petite fille en plaquant ses deux mains sur le bas de son visage.

246

– Je vais t'emmener chez moi et te les montrer. Regarde-les bien, chacune d'elles raconte une histoire, toutes ont un début, un déroulement, une fin, comme autant de livres que j'aurais écrits. Je suis riche de toutes ces histoires.

– Je voudrais ressembler à une princesse africaine.

– Tu seras une princesse africaine. J'ai de quoi t'accompagner au sacre. L'Afrique a été mon trip pendant deux mois. Je vais te remplir une petite valise de bracelets de cheville et de bras, de colliers, de jupons, de boubous, de paréos, et je vais t'apprendre à les nouer.

– Et tu me les donneras ?

– Oui. Je vais aussi te donner la clé de chez moi et tu pourras venir de temps en temps, à condition de ne jamais y emmener personne. Je t'appellerai chez toi et tu me donneras des nouvelles de mon placard.

– Tu vas partir ?

– Oui.

– Tu n'es pas triste ?

– Je ne sais pas encore.

– Alors, pourquoi tu pars ?

– À cause d'un homme plus fort que mes robes.

– Tu vas t'ennuyer avec lui s'il n'aime pas les robes. Il étudie ?

– Oui.

– Et toi ?

– Non. Cela m'a toujours barbée.

– Pourquoi ?

– Parce que je suis une mauvaise fille, je préfère remplir mon placard que des cahiers. Ne prends pas exemple sur moi.

– Pourquoi tu es comme ça, Darling ?

– Chaque être humain a sa façon de penser et de voir la vie. En général on est plus heureux quand on pense et agit comme tout le monde. Je suis à part, ne m'imite pas.

– Je voudrais m'habiller pareil que toi, pour que moi aussi on me regarde dans la rue.

– On peut se distinguer par d'autres moyens.

– Pourquoi tu n'as pas essayé ?

– Parce que je savais que je n'y parviendrais pas. Personne n'a répondu à la seule question qui intéresse tout le monde : pourquoi sommes-nous là, mortels, et qui nous y a mis ?

» La vie est si simple, vue de mon placard. Les vivants s'habillent, les morts ne s'habillent plus ; ils rétrécissent dans le petit costume, dans la petite robe de chambre bien vite trop grande pour eux. Alors moi, tant que je suis vivante, j'ai envie de m'amuser, que l'on me regarde avec ma cape de Boris Godounov, que l'on m'entende avec mes clochettes avant que je disparaisse, silencieuse, vêtue de la même façon pour toujours.

– C'est triste ce que tu dis.

– Non. C'est vrai. Il ne faut pas se mentir sur le temps dont on dispose pour mieux en disposer. Mais peut-être que toi tu feras des choses extraordinaires.

– Peut-être que je saurai répondre à ta question ?

— Peut-être.

— Et si je n'y parviens pas ?

— Tu seras comme tout le monde.

— Alors, autant m'habiller en princesse africaine.

— Tu seras comme tout le monde quand même, sauf qu'en princesse africaine tu l'oublieras...

— On m'aimera plus si je suis habillée en princesse ?

— Non... Sur ce chapitre, je me suis trompée. Les hommes nous préfèrent déshabillées. Ne marche pas si vite.

— Darling, j'ai hâte de voir ton placard, c'est comme si j'allais entrer dans le refuge du père Noël. Darling, et moi, qu'est-ce que je vais te donner ?

— Il y a des cadeaux qui sont invisibles pour les yeux : ce sont les plus beaux.

Au revoir

Devant la porte du philosophe, j'ai déposé dans un sac-poubelle bleu mer des Caraïbes, plié entre quelques feuilles de papier de soie, une tenue d'Alice au pays des merveilles, un fourreau en satin rouge très Marilyn, un top-corset dont les bretelles en Nylon nid-d'abeilles sont croisées dans le dos, une jupe en organsin zippée sur le côté, un ensemble Highlander en tartan mélangé, une paire d'escarpins en satin noir dont les lanières s'enroulent autour de la cheville et la tenue de jogging dans laquelle j'ai dormi contre lui.

Je ne sais pourquoi, je suis sûre que ces fringues lui feront plaisir. Sur un Post-it rose collé sur le sac-poubelle, j'ai écrit : « Au revoir, philosophe, tu vas me manquer », et j'ai signé « Darling ».

La robe pour se faire la malle

– Darling, tu es prête ?

Dieu est en bas de mon immeuble, sur son scooter, au bout de son portable. Il attend sous l'auvent. Il fait un temps à ne pas sortir une paire de talons aiguilles.

Pas question de me protéger avec des vêtements pratiques ou un parapluie : pathétique parapluie, lugubre ciré de marin breton.

Mes robes ne sont ni pratiques ni pathétiques, et pourtant je les abandonne. Partir avec un homme, c'est répondre à la question : qu'emporteriez-vous sur une île déserte ? Choisir, éliminer est inimaginable. J'aime autant ce tailleur noir créé par Christian Dior en 1956, chiné à Clignancourt, que cette folie d'Atsuro Tayamo, cette robe au crochet de Marcia de Carvalho, ou cette gypsy d'Ungaro. Toutes me sont indispensables comme autant de facettes de ma personnalité.

Dieu, au bout de son portable, et pourtant à mille lieues du drame qui me retient et me déchire, propose de monter m'aider, s'étonne de mon refus et patiente parce qu'il n'a pas le choix. Le mien, de choix, est impossible.

– Ça y est, te voilà enfin, tu as été longue. L'appartement est vide ?

– Oui.

– Tu t'es débarrassée de toutes les robes ?

– Oui, dis-je.

– Tu n'es pas triste ?

– Non.

– Tu ne regretteras pas le boulevard Beaumarchais ?

– Non.

– Pourquoi de telles questions ? Je me donne l'impression d'un homme jaloux, d'un ex-amant, alors qu'il ne s'agit que de chiffons.

Des chiffons ?

Dieu venait de commettre une erreur grave, la première de notre courte histoire. En ce moment tragique, cette ironie me blessait particulièrement. Il ne devait pas appeler mes robes des chiffons, ou la cohabitation deviendrait invivable. Autant apprendre à ce barbare, avant qu'il ne soit trop tard, que les robes ne sont pas des bourres, ni des charpies, ni des peilles, ni des drilles ; que mes lainages, mes cotonnades, mes soieries, et même mes fibres synthétiques, sont d'augustes assemblages, de respectables ouvrages chinés, côtelés, cloqués, brochés, brodés, froissés, imprimés, écossais, à rayures, à ramages ou unis. Elles incarnent toutes le travail des hommes et leurs fantaisies, leur nécessité de s'élever, de se surpasser, de se sublimer, de se modifier, et elles sont respectables comme ceux qui les créent et ceux qui les apprécient, et je ne supporterai pas une fois de plus ces moqueries.

– J'envoie les déménageurs prendre les valises ?

– Inutile, je n'ai qu'un sac à dos, trois jeans, six chemises et quatre pulls.

– C'est la nouvelle Darling ?

– En quelque sorte.

– On part ?

– On part.

J'agrippe, d'une main aux doigts bagués d'anneaux en bronze façon antique de Dominique Pavey, son blouson Levis en mouton retourné, une création de l'année 79 – j'en possède quatre exemplaires, dont trois en cuir teint.

Il doit être tôt, l'épicier marocain, en bas de chez moi, est encore fermé, mais ce n'est ni la faim, ni l'envie d'un Coca, ni l'amour qui me tiraillent. L'amour est là, tranquille, l'amour conduit sa Vespa vers le loft où il m'emmène. À peine arrivé, l'amour va m'aimer, c'est son rôle ; l'amour va s'absenter pour travailler, c'est sa fonction ; il va revenir vers vingt heures, comme beaucoup d'amours, manger, prendre une douche, se coucher, m'enlacer, s'emboîter, me compléter comme la pièce manquante du puzzle. Rien d'extraordinaire, le programme est éternel et génétique.

La sensation de manque qui m'étreint n'a rien de biologique. Elle est d'une essence civilisée, policée, spirituelle. C'est mon honneur, ma résistance, ma distinction. Cette soif-là quitte les papilles pour s'élever vers les hauteurs du cerveau, je peux à l'instant déceler en moi une vieille envie d'orientalisme interprétée par Poiret : pantalons bouffants, turbans aux motifs de couleurs vives, babouches cousues de fils d'or ; envie de ce costume de rajah en soie fleurie et brodée, de ce gilet sur une blouse en mousseline, de ces colliers en matières naturelles – bois, nacre, os –, de pétales de fleurs séchées, de ces sautoirs aériens avec perles d'eau douce ; des robes volcaniques de Pierina Marinelli vendues chez Maria Luisa. J'aime me laisser bercer par le mouvement de la mode comme par celui des vagues de l'Atlantique ; à peine retirées, à peine démodées, elles reviennent dans un mouvement éternel. J'aime la rigueur morale des vêtements de Lagerfeld, j'aime la leçon de tolérance de ceux d'Ungaro, la somptueuse liberté de Galliano. Et je m'en vais, accrochée à un blouson en mouton, abandonnant derrière moi rigueur, tolérance, liberté, élégance, humour et fantaisie, le besoin de neuf chevillé au corps.

Un top de coton et dentelle de chez Voyage sous une veste de chez Mark Jacobs boutonnée jusqu'au cou pour accentuer le style beat, le style twist inspiré ce matin par Trini Lopez, les Beatles et les Birds à la radio.

Adieu, style Mondrian, baby-doll, manches ballon et col Claudine, adieu au style trash, aux robes comme des tapisseries en toile de Jouy de chez Luisa Beccaria, ou Zadig et Voltaire, adieu au black and white haï et ressuscité tant de fois, adieu à mes folies victoriennes, Empire, à mes camées, aux lacets pour enserrer ma taille ou mes chevilles. Adieu à Dries Van Noten, Ferruchi, Paul Smith et Moschino, adieu au beaded sac de Christian Dior et à la pochette de vernis rose de Louis Vuitton. Adieu à mesdames Récamier, Bovary, à Marie-Antoinette, à Cléopâtre, à Madame Grès, à D'Annunzio, à Coco, à Elsa que j'ai tant aimé incarner, adieu au new-look de Christian Dior, à la poésie d'Ungaro et à Urban Outfit, le temple de Soho et Top Shop, celui d'Oxford Street.

Qui suis-je, loin de tous ces moi, tous ces eux, toute cette universalité, tous ces courants du temps, toutes ces couvertures aussi éphémères qu'essentielles, toutes ces jolies choses qui cachent avec délicatesse et modestie tant de contradictions, de difficultés, de passions tourmentées ? Qui suis-je, avec pour tout bagage un sac à dos, vêtue d'un jean 501, mon soutien-gorge 90 B de chez La Perla, mon T-shirt Voyage et une veste de Mark Jacobs, méprisant le froid pour ne pas porter un manteau qui cacherait ma silhouette ? Une hippie ? Une baba ? Une yuppie ? Une gypsie ? Une grunge ? Une bobo ? Une yaltie ? Une femme amoureuse ? Mon univers se resserre.

Est-ce que l'amour mérite un tel sacrifice ?

Par chance, le blouson en mouton retourné du professeur est imperméabilisé, lustré. L'artifice a tout de même triomphé de la bête. La nature, je l'aime retravaillée. Ralph-Laurenisée, Long-Islandisée, je l'aime après beaucoup d'heures d'attention, je l'aime quand elle devient de l'art ou même de l'artisanat.

Dieu au guidon de sa Vespa passe, cheveux au vent, rue du Nord, devant le Fouta-Toro, le plus vieux restaurant africain de la Goutte-d'Or, où jadis en pagne léopard je dansais sur les tables ; puis il tourne rue Polonceau, devant chez Aïda, où un inconnu avait, le temps d'une soirée, croisé mon chemin.

Partir n'est rien, tout le monde part tôt ou tard. Le pire est de se quitter, de perdre ses souvenirs et de se retrouver amputé. J'avais la terrible impression que sans mes fringues je ne pourrais pas remédier à l'inévitable catastrophe biologique, aux inévitables rides, aux perfides rondeurs, aux dessèchements cutanés à venir, et à toutes défaillances plus complexes. L'amour n'est rien sans la projection que l'on s'en fait, sans le cinoche dans la tête et dans le placard, j'avais la certitude que trois jeans, six chemises et quatre pulls ne suffiraient pas à la comédie, que seule ma garde-robe tout entière pourrait quelque chose contre le quotidien et les outrages du temps. La soie sauvage enveloppe aussi bien que la silicone, le rose au printemps ranime les teints les plus blafards, un revers blanc en hiver rehausse la mine mieux que n'importe quelle crème antirides, les talons aiguilles allongent les jambes trop courtes, les sandales et les robes en mousseline incitent aux caresses sur les fesses bien plus que la nudité.

– Ça va ?

– Oui.

– Tu es heureuse ?

Quel autre choix que de répondre oui à cette question ? Oui pour dire non, la paix en plus.

– Darling, tu vas avoir froid...

– Quand mes vêtements me plaisent, je n'ai jamais froid.

– Tu as le bout des doigts glacé.

– Comme une couverture de magazine.

– Chez moi, tu ne regretteras pas ta caverne d'Ali Baba ?

– Non.

Et dans la tête de Darling couverte d'un chapeau de toile de chez Motsch pour Hermès, bordé d'un ruban de paille, tandis que ses pieds posés sur les cales de la Vespa étaient chaussés de boots en satin et dentelle de Jimmy Choo (après tout, c'est mon privilège de lire dans la tête de mes personnages) : « On ne sait jamais, il faut essayer l'amour comme des bas en cuir à motifs perforés glissés dans une paire de sandales à plates-formes en vernis rouge, comme de longs gants en agneau blanc, comme... »

Darling, donne-lui une chance.

Fringothèque

DU MÊME AUTEUR

Aux Éditions Albin Michel

LE COLLECTIONNEUR, 1993.

L'ÂME SŒUR, 1998.

L'ATTENTE, 1999.

J'ÉTAIS L'ORIGINE DU MONDE, 2000.

Chez d'autres éditeurs

LES PETITES FILLES NE MEURENT JAMAIS (sous le nom de Christine Rheims), éd. Jean-Claude Lattès, 1986.

LE FIL DE SOI, éd. Olivier Orban, 1988.

UNE ANNÉE AMOUREUSE DE VIRGINIA WOOLF (sous le nom de Christine Duhon), éd. Olivier Orban, 1990.

LA FEMME ADULTÈRE, éd. Flammarion, 1991.

UNE FOLIE AMOUREUSE (en collaboration avec Olivier Orban), éd. Grasset, 1997.

UNGARO, éd. Assouline, 1999.

*La composition de cet ouvrage
a été réalisée par I.G.S. Charente Photogravure,
à l'Isle-d'Espagnac,
l'impression et le brochage ont été effectués
sur presse Cameron dans les ateliers
de **Bussière Camedan Imprimeries**
à Saint-Amand-Montrond (Cher),
pour le compte des Éditions Albin Michel.*

Achevé d'imprimer en avril 2002.
N° d'édition : 20791. N° d'impression : 021747/4.
Dépôt légal : mars 2002.